Paul White

Operation im Dschungel

clv

Christliche
Literatur-Verbreitung e.V.
Postfach 11 01 35 · 33661 Bielefeld

1. Auflage 2012 (CLV)

Originaltitel: Jungle Doctor Operates
Originalverlag: The Paternoster Press, Exeter
Die deutsche Ausgabe erschien erstmals 1973
im R. Brockhaus Verlag Wuppertal

© der deutschen Ausgabe 2012
by CLV · Christliche Literatur-Verbreitung
Postfach 11 01 35 · 33661 Bielefeld
Internet: www.clv.de

Übersetzung: D. von Blücher
Umschlag: typtop, Andreas Fett, Meinerzhagen
Satz: CLV
Druck und Bindung: CPI – Ebner & Spiegel, Ulm

ISBN 978-3-86699-119-4

Inhalt

Mgulus Ankunft

»*Jah*, Buana, da tut's weh.«

»Hier?«

»Nein, Buana.«

»Da?«

»*J-o-o-o-o-o-o-h!*«

Der kleine afrikanische Junge biss die Zähne zusammen.

»Hier auch, Mgulu?«, fragte ich und untersuchte vorsichtig die hässlich geschwollenen Drüsen.

Er zuckte bei meiner Berührung zusammen.

Ich lächelte ihm ermutigend zu.

»Stell dich einen Augenblick auf die Waage hier.«

46,5 Pfund stellte ich fest.

Als ich aufsah, begegnete ich dem ernsten Blick seines Vaters.

»Jonathan«, sagte ich zum Vater auf Englisch, »das sieht nicht gut aus. Seine Schmerzen können die verschiedensten Ursachen haben, aber ich fürchte, dass es Tuberkulose ist.«

Der afrikanische Lehrer schüttelte den Kopf. »Glaubst du, dass er wieder gesund wird?«

Der kleine Junge umklammerte seine Hand und sagte auf Gogo, der Sprache in den Zentralebenen von Tansania:

»Warum sprichst du mit dem Buana englisch? Bin ich denn so krank?«

Ich legte ihm die Hand auf die Schulter.

»Ja, Mgulu, es steht schlecht. Du wirst viele Tage bei uns im Krankenhaus bleiben und viel Medizin schlucken müssen.«

»Der Buana wird sich um dich kümmern, mein Junge«, beruhigte sein Vater ihn. »Er hat mir doch auch so gut geholfen, als ich eine Lungenentzündung hatte.«

Der kleine Junge nickte, aber ihm kamen die Tränen.

»Sicher bekomme ich dann Spritzen, Vater, und vielleicht schneidet auch der Buana mit seinem kleinen scharfen Messer!«

Jonathan nickte. »Ja, vielleicht wird das alles nötig sein.« Es war wirklich erbarmungswürdig, wie Mgulu uns mit seinen großen braunen Kulleraugen angstvoll anstarrte!

»Buana, Buana«, rief eine Stimme von draußen. »Buana – ich möchte Zucker!« Eine kleine Gestalt erschien in der Tür, einen Arm im Gipsverband und eine schmucke Schirmmütze schief auf den dunklen Locken.

»Hör mal zu, Majilanga, erst erzählst du jetzt dem Lehrer die Geschichte von deinem Arm. Wenn du das gut machst, bekommst du als Belohnung ein dickes Stück Zucker.«

Der Kleine stellte sich vor Jonathan auf und zeigte voller Stolz seinen Gips-Arm.

»Das hat der Buana gemacht«, lachte er. »Ich bin hingefallen und *jah*! Das tat weh! Die Knochen waren gebrochen. Der *muganga* (Medizinmann) konnte nichts gegen die Schmerzen machen.«

»Der elende Wicht verbrannte dem kleinen Kerl den

Unterarm mit einem glühenden Stock«, unterbrach ich die Erzählung.

»Aber der Buana brachte es in Ordnung«, fuhr der Kleine fort. »Durch seine Medizin hörten die Schmerzen auf, und durch seine harte weiße Erde kann sich der Knochen nicht bewegen.« Als Beweis schwenkte er seinen Arm in der Luft herum.

Der kleine Mgulu lachte und hatte alle Angst vergessen.

»Kommt Kinder, gebt eure Hände her«, sagte ich.

Majilanga stieß mir seine kleine fette Handfläche unter die Nase. Sie war hellrosa. Ich ergriff meine Feder und schrieb *sukari* – Zucker – darauf. Dann kam Mgulus Hand. Ihr Rücken war tiefschwarz, aber die innere Handfläche war weiß. Ich wusste genau, dass diese Blässe das Zeichen einer chronischen Krankheit war. Zum zweiten Mal erschien das magische Wort »*sukari*«, und die beiden kleinen Burschen trotteten Hand in Hand los, um Setschelela, die alte afrikanische Oberschwester, zu suchen.

Als die Patienten im Krankenhaus abgefertigt waren, ging ich hinüber ins Büro. Ich trug Mgulus Personalien in das Aufnahmebuch ein, ebenso alle Symptome seiner Krankheit. Daudi, mein afrikanischer Assistent, las mit, als ich schrieb.

»*Kah*, diese Tuberkulose – *dudus* sind schlimmer als Löwen. Wie denkst du dir die Behandlung?«

Wir waren auf dem Weg zum Krankenhaus, als Daudi diese Frage stellte. Der Vater des Jungen kam dazu, und so konnte ich den beiden von meinen Absichten berichten.

»Eine der geschwollenen Drüsen muss entfernt und mikroskopisch untersucht werden. Dann werden wir ihm die verschiedensten Medikamente geben, um ihn zu kräftigen. Wenn Gott der Allmächtige seine Hand über ihn hält, wird es ihm bald besser gehen. Das glaube ich fest.«

Wir hielten unter einem Granatapfelbaum an und baten unseren himmlischen Vater, dass die Medikamente wirken, er meine Entscheidungen leitet und den kleinen Mgulu heilt. Als wir die Hände falteten, kamen die kleinen Jungen angerannt. Ihre Gesichter waren noch mit den Resten ihres Festmahls beschmiert.

»Vater, komm und sieh dir die Kinderstation an«, sagte Mgulu.

Wir blickten durch die Tür in einen freundlichen Raum mit acht leichten Betten. Sie waren leuchtend grün gestrichen, und farbenfrohe Flickendecken waren darübergebreitet.

»Mgulu«, sagte sein neu gewonnener Freund, »dies ist mein Bett. Es ist das beste auf der Station.«

In einer Ecke saß ein Baby – ein kleines Mädchen – von Kissen gestützt. Eine afrikanische Schwester fütterte es mit einem Löffel.

»Lungenentzündung«, erklärte ich, »es geht ihm schon etwas besser.«

Im nächsten Bett hockte ein Häufchen Elend, so jämmerlich dünn, dass man es kaum für lebensfähig hielt.

»*Kah*«, äußerte Mgulus Vater, »der kommt nicht durch.«

»Keine Angst, in ein paar Monaten ist er so fett wie ein Küchenjunge.«

»Wie hoch sind die Kosten?«

»Wir nehmen nur 5 Cent pro Tag, Jonathan. Für einen großen Teil dieser Betten zahlen nämlich Leute aus meiner Heimat. Sie stiften einen solchen Platz im Krankenhaus zum Gedächtnis eines lieben Verstorbenen. Wirklich, man kann dem liebevollen Gedenken an einen Toten keinen besseren Ausdruck geben, als wenn man einem Lebenden hilft.«

»Wie viel bezahlen deine Freunde?«

»Zehn englische Pfund jährlich, Jonathan, oft auch mehr, sonst würde es kein wirkliches Opfer sein.«

»Damit kann drei Kindern das Leben gerettet werden!«

»Drei Kindern? Eher einem Dutzend! In dem Bettchen dort am Fenster konnten wir einmal sechs Kindern in einem Monat das Leben retten. Es wurde von einer Mutter gestiftet, deren fünfjähriger Sohn an Lungenentzündung starb, und so haben wir seinen Tod zwanzigfach gerächt.«

Aus dem Baderaum hörte man lautes Planschen und Gelächter. Mit einer Wasserkanne bewaffnet, schrubbte die Stationsschwester den kleinen Mgulu kräftig ab, während ihm Majilanga Verhaltensmaßregeln gab, wie die Seife aus den Augen zu halten sei.

Ich schrieb meine Verordnungen in das Krankenbuch und überließ dem langen afrikanischen Lehrer seinen kleinen Sohn zum Abschiednehmen. Eine Woche später kam der Junge in mein Büro:

»Geht's mir jetzt schon besser, Buana?«

»Runter mit dem Schlafanzug, Mgulu«, befahl ich, »und rauf auf die Waage, damit wir sehen, was los ist.«

»47 Pfund, Buana«, antwortete er.

»Hm, du hast gerade einmal ein halbes Pfund zugenommen, und fünfzehn Pfund sollen es werden, Mgulu. Das wird lange dauern, vielleicht ein paar Monate.«

Er ließ den Kopf hängen und hielt meine Hand fest.

»Buana, ich hab Heimweh und sehne mich so nach Vater und Mutter, die so weit fort sind. Majilanga geht morgen nach Hause, und da …«

Ich merkte, wie locker ihm die Tränen saßen, und sagte:

»Hör mal, Mgulu, du hast doch lesen gelernt, nicht wahr?«

»Ja, Buana!«

»Gut, dann stelle ich dich ein. Du bist jetzt einer der Mitarbeiter, und deine Aufgabe ist, den Kindern hier vorzulesen, sie zu beschäftigen und ihnen die Geschichten zu erzählen, die du von Jesus kennst. Ich werde dir zwei Cent täglich geben, und wie alle anderen wirst du am letzten Tag im Monat ausgezahlt.«

»Gut, Buana, das ist aber herrlich.« Er strahlte über das ganze kleine Gesicht.

Dann kam der Tag, an dem ich ihn beiseitenahm und freundlich zu ihm sagte:

»Pass auf, alter Freund, heute werde ich dich am Hals operieren.«

Er umkrampfte die Tischplatte und sagte: »Ja, Buana.«

»Es ist keine große Sache, aber vielleicht tut's ein bisschen weh.«

Er nickte tapfer, aber seine Augen sprachen eine

andere Sprache, und eine dicke Träne kullerte über sein Gesicht.

Eine Stunde vor der Operation suchte ich sieben verschiedenfarbige Gelee-Bonbons aus einem Glas heraus, dazu kam eine kleine gelbe Kapsel, die den Süßigkeiten sehr ähnlich sah. Ich gab ihm ein blaues Gelee-Bonbon. Strahlend verspeiste er es. Dann brachte ich die Kapsel zum Vorschein.

»Schluck dies, dann bekommst du die anderen sechs!«

Mit entzücktem Grinsen ergriff er die Pille, die ein sehr starkes Beruhigungsmittel enthielt. Plötzlich hörten wir einen Lkw rattern. Mgulu horchte! In der einen Hand hielt er die Pille, in der anderen balancierte er ein Glas Wasser. Die Kapsel verschwand wie vorgeschrieben, und der kleine Junge sah zu mir auf.

»Vielleicht ist's mein Vater, Buana?«

Wir sahen aus dem Fenster. Wahrhaftig – Jonathan! Er hockte hinten auf dem schwankenden Fahrzeug des indischen Kaufmanns.

Der glückliche und zufriedene Gesichtsausdruck des kleinen Jungen beim Anblick seines Vaters war einfach rührend. Sie redeten eine Weile miteinander, bis Mgulu durch das Mittel schläfrig wurde. Dann nahm Jonathan ihn auf den Schoß und trug ihn, als er eingeschlafen war, auf den Operationstisch, wo ich unter örtlicher Betäubung eine Drüse entfernte. Sie hatte die Größe eines Taubeneis. Der kleine Junge öffnete einmal während der Operation die Augen, gab aber keinen Mucks von sich.

»Ja«, flüsterte der Vater. »Er ist so tapfer wie ein Löwe.«

Die Wunde heilte schnell. Doch meine Operation sollte weniger zur Heilung dienen, als vielmehr meine Diagnose bestätigen. Schon bald befand sich die Drüse auf einer 400 Meilen weiten Reise in ein Labor an der ostafrikanischen Küste. Nach längerer Zeit kam das Ergebnis zurück, es lautete: »Typische Tuberkulose-Drüse.«

Woche für Woche verging. Das Wiegen war an jedem Samstagmorgen eine feierliche Handlung für Mgulu. Wir legten eine Karte mit einer grafischen Darstellung der Ergebnisse an. Nahm er zu, so zeigte das eine rote Aufwärtslinie auf der Karte an. Erschien eine blaue Linie abwärts, gab es Tränen und riesige Anstrengungen mit der Lebertran-Flasche.

Der allgemeine Gesundheitszustand des Kleinen besserte sich stetig, aber sein stark geschwollener Hals bekümmerte ihn, und er sehnte sich nach schnellen Erfolgen. Eines Tages sagte er nach dem gewöhnlichen Wiegen:

»Buana, wird's mir nie wieder gut gehen? Wird mein Hals nie wieder dünn werden?«

Ich sah von der Karte auf. Die rote Linie war bis zu 51,5 Pfund geklettert. »Wenn die rote Linie bei 55 Pfund angekommen ist, werde ich deinen Hals operieren, damit er gut wird.«

Schandalas Gesänge

Samson und ich saßen auf dreibeinigen Schemeln in der Lehmhütte, die uns als Apotheke diente, und rührten weiße Salbe in großen Petroleumbüchsen. Durch die offene Tür konnten wir ein paar bucklige Rinder sehen, die im Staub herumleckten und manchmal ein trockenes Grasbüschel oder ein paar Kleesamen fanden. In der Nähe spielten kleine Schuljungen Fußball. Es wäre ein Bild vollkommenen Friedens gewesen, wären nicht durchdringende Schreie aus der Kinderstation herübergedrungen.

»Das ist unsere neueste Errungenschaft«, bemerkte ich.

»*Kah!*«, ließ sich Samson vernehmen. »Ich wünschte, sie bekäme Kehlkopfentzündung. Mir platzen schon die Ohren von ihrem Geschrei.«

»Wenn du so krank wärst wie sie, würdest du auch brüllen. Sie hatte zu Hause Malaria, und anscheinend sehr schwer, denn als das schlimmste Fieber nachließ, sahen ihre Beine so aus.« Ich zog meine Knie bis an mein Kinn an.

»Hör auf«, sagte Samson, »ich weiß Bescheid. Natürlich haben sie wieder den Medizinmann geholt. Der packt dann so ein Kind am Schenkel und am Knöchel und drückt das Bein durch, bis die ganze Haut unter dem Knie aufplatzt. Das Kind kann von Glück sagen, wenn er nichts Schlimmeres anrichtet. Dann kommen die Fliegen und der

Schmutz, und – huh – schon sind die Geschwüre da!!«

Mir schauderte.

»Wenn der Medizinmann dann etwa einen Verband anlegt, Buana, so mischt er Kuhdung und Laub und kleistert das drauf. Das soll dann helfen!«

Er spuckte wütend durch die Tür, und wir rührten schweigend weiter, bis Samson einen großen Löffel voll herausschöpfte.

»So, Buana, das ist das richtige Zeug dafür. Bis jetzt haben wir schon 10 Petroleumbüchsen voll davon verbraucht, und bis zum Ende des Jahres werden wohl noch 20 dazukommen.«

Die Schreie wurden heftiger. Ich setzte meine Büchse hin.

»Komm mit rüber, Samson, wir wollen nach ihr sehen, damit wir wissen, was los ist.«

Wir gingen auf die Station, und dort saß das Würmchen mit seinem kleinen spitzen Gesicht, unnatürlich dünn, unbeholfen im Bett und jammerte und schrie, ohne aufzuhören, aus keinem ersichtlichen Grund. Sie schien vollkommen verstört zu sein. Als sie mich sah, keuchte sie vor Schreck und versteckte den Kopf unter der Flickendecke.

»Ich weiß, woher das kommt«, stellte Samson fest. »Ihre Großmutter ist nämlich mit hier. Wenn du wüsstest, wozu diese Großmütter fähig sind.«

Mgulu, mein kleiner Patient mit der Halsdrüsen-Tuberkulose, saß in einer Ecke und bastelte an einem komisch geformten Korb. Er sah mich kopfschüttelnd an.

»Oh, Buana, macht die einen Krach!«

»Entsetzlich, Mgulu, aber sie ist eben verängstigt. Deine erste Aufgabe muss jetzt sein, ihr zu helfen.«

Er arbeitete weiter an seinem Korb und lächelte mich an.

»Sag mal, Samson, was mag die Alte ihrer Enkelin nur erzählt haben, dass sie so verängstigt ist?«

»Bestimmt hat sie ihr lauter Gräuelmärchen über die Weißen erzählt – zum Beispiel, dass sie ihr die Beine abschneiden oder ihr Essen vergiften und sie sogar mit Blicken behexen können.«

»Oh«, sagte ich. »Was kann man da nur machen?«

»Die Großmutter hat bösen Husten. Lass mich den Husten behandeln, später kannst du vielleicht die Kleine verbinden und ihr dadurch beweisen, dass du ganz ungefährlich für sie bist.«

Ich blieb skeptisch. »Ob das etwas bringen wird?«

»Versuch's doch!«

»Gut. Behandle du Großmutters Husten, und ich werde die Salbe fertig mischen.«

Nach einer Stunde kam ich auf die Station zurück. Von der Großmutter war nichts zu sehen, und die Kleine war ruhiger. Absichtlich nahm ich kein Instrument, sondern nur Gaze, Salbe und ein paar Binden auf meinem Tablett mit.

»Sieh mal, Schandala«, sagte ich, »ich will nur Verbandstoff und lindernde Mittel auf deine Geschwüre tun. Deine Beine will ich nicht abschneiden, ich will sie nur gesund machen, damit du wieder mit deinen Spielgefährten um die Wette laufen kannst.«

Ein Auge schielte unter der Decke vor.

»Pass auf«, fuhr ich fort, »diese Salbe ist nicht giftig. Als sich Mgulu beim Fußballspielen das Bein aufriss, wurde er auch damit behandelt.«

»Lass mal sehen«, murmelte ein heiseres Stimmchen unter der Bettdecke.

Samson machte dem Kleinen sofort den Verband ab, und schon erschien vorsichtig ihr Kopf. Sie sah die Schramme kurz an und fragte dann:

»Oh, hat's dir wehgetan?«

»Kein bisschen«, antwortete der kleine Kerl.

Als Samson ihr die Verbände abmachte, kam unter ihrem rechten Knie ein handgroßes scheußliches Geschwür zutage.

»Igitt«, rief er.

Sehr vorsichtig verband er sie neu.

»Na, ist's jetzt besser? Die Salbe tut gut, nicht wahr?«

Ich sah zur anderen Seite, konnte aber alles im Spiegel beobachten.

»Wirklich, es ist besser so. Es hat schrecklich wehgetan, und ich hatte solche Angst, dass die Weißen meine Beine abschneiden und Medizin daraus machen würden.«

»Hier mache ich die Medizin«, sagte Samson. »Wenn dein Bein besser ist, kannst du mal zusammen mit Mgulu zusehen. Wir brauchen dazu keine Menschenbeine und Menschenaugen. Die Medizin, die hat's in sich! Meiner Frau hat sie das Leben gerettet, und unser Baby wäre bestimmt an einem Zeckenbiss gestorben, wenn der Buana ihm nicht eine Spritze gegeben hätte.«

»Fürchtest du dich denn nicht vor ihm?«

»Nein«, antwortete Samson. »Er ist doch unser Freund.«

»*Kumbe*«, meinte Schandala nur halb überzeugt.

»Meinen Hals macht er mit seiner Medizin und seiner kleinen Nadel gesund«, meldete sich Mgulu.

Das war alles, was ich hörte, denn ich musste schnellstens fort, um bei der Geburt eines der 800 Babys, die jährlich im Krankenhaus geboren werden, zu helfen. Als ich zur Apotheke zurückkam, füllte Samson selbst gemachten Lebertran in Tomatensoßen-Flaschen und sah äußerst zufrieden aus.

»Na, wie steht's?«

»Gut«, antwortete er. »Schandalas Großmutter schläft immer noch!«

»Sie schläft?«

»Ja, Buana. Weil sie so ein böses Weib ist, hab ich ihr mit der Hustenmedizin eine doppelte Dosis Brom gegeben, und nun liegt sie in der Sonne und schnarcht!«

»Eine gute Idee, sie durch einen Schlaftrunk außer Gefecht zu setzen!«, sagte ich. »Aber sicher wird sie wütend sein!«

»Wenn sie wütend ist, Buana, kann ich's auch nicht ändern. Vielleicht geht sie dann nach Hause, und wir haben Ruhe!«

Ich ging zurück, um mich zu vergewissern, ob Mutter und Kind wohlauf waren, und erzählte unserer alten Setschelela von Samsons Heldentat. Sie amüsierte sich königlich.

»Gib mir freie Hand, Buana. Ich werde sie schon loswerden!«

»Aber wie?«, fragte ich.

»Lass das meine Sorge sein, gib mir nur freie Hand. Ich hab da meine eigene Methode.«

»Gut«, sagte ich, »aber sei milde mit ihr.«

Die alte Hausmutter lachte.

Eine Woche später kam Schandala in den Operationsraum. Ich musste die Geschwüre reinigen und die Beine in Gips legen.

»Buana, versprich mir, dass du mir nicht die Beine abschneidest«, flehte sie.

»Ich schwöre es«, sagte ich. »Aber bevor du jetzt gleich einschläfst, Schandala, wollen wir den Herrn Jesus bitten, dass deine Beine recht bald besser werden.«

Sie hielt meine Hand sehr fest, als ich ganz einfach betete, dass sie durch unsere ärztliche Hilfe wiederhergestellt werden möchte. Dann begann ich mit der Narkose, wobei ich große Schwierigkeiten mit dem Äther hatte, weil er sich viel zu schnell verflüchtigte. Aber als sie nach einer halben Stunde aufwachte, lagen ihre Beine im Gipsverband. Zuerst war sie nicht entzückt von dem Anblick, aber als ich ihr erklärte, dass sie mit einem Stock herumhumpeln könne, war sie ganz begeistert. Eine Woche lang lag sie im Bett, da sie dem langen weißen Verband, der ihr von den Hüften bis zu den Zehen reichte, nicht traute. Dann zeigte ich ihr die eiserne Klammer, die unter ihrem Hacken aus dem Gipsverband herauskam. Ich half ihr auf die Beine, und mit Mgulu an der einen und mir an der anderen Seite hielt sie sich mühsam im Gleichgewicht. Behutsam probierte sie die Vorrichtung aus. Eines Morgens traf ich sie, wie sie, mit dem Stationsbesen bewaffnet, ohne Hilfe von der Apotheke kam.

»Nanu«, sagte ich, »wo bist du gewesen?«

Sie stützte sich lächelnd auf den Besenstiel. »Ich hab zugeschaut, wie Samson Hustenmedizin gemacht hat. O ja, dabei ist keine Zauberei! Er gießt das Zeug nur von einer Flasche in die andere!«

Am nächsten Tag besichtigte sie die Babys auf der Mütterstation und sah mit offenem Mund zu, wie sie gebadet, eingeölt und gewogen wurden. Am Nachmittag erschien sie, von Mgulu in einer Schubkarre gefahren, bei uns, um meine eigenen Kinder zu besuchen.

David kam den Hügel herunter und sprach vergnügt mit ihr auf Gogo. Schandala war aufgeregt, und während Mgulu mit David und den anderen kleinen Kindern Fahrten in der Schubkarre machte, saß sie auf unseren Stufen und vertraute sich mir an.

»Buana«, sagte sie, »seine Augen sind himmelblau, und er ist dicker und kräftiger als unsere Kinder. Das kommt, weil du weißt, wie sie ernährt werden müssen. Du bist unser Doktor und weißt eben einfach alles.«

Ich lächelte verlegen, denn ich kam gerade aus dem Krankenhaus zurück, vollkommen erschlagen nach einem vergeblichen Versuch, ein gebrochenes Bein ohne Röntgenaufnahme zu behandeln.

Schandala machte erstaunliche Fortschritte. Sie und Mgulu wurden dicke Freunde. Eines Nachmittags kam ich auf die Station, um Verbandstoff zu holen. Mgulu zeigte gerade auf William Holman Hunts Meisterwerk »Das Licht der Welt«, das an der Wand hing. Schandala lag auf dem Boden, das Kinn in die Hand gestützt, und hörte mit den anderen Kindern Mgulu, der ihnen das Bild erklärte, mit großen Augen zu.

»Das ist Jesus«, sagte er. »Ihr wisst ja, dass er lebt. Die Menschen töteten ihn, aber Gott, sein Vater, hat ihn wieder lebendig gemacht.«

»Was tut er da?«, fragte Schandala mit ehrfürchtiger Stimme und zeigte auf das Bild.

»Er klopft gerade an deine Herzenstür. Die Ranken und das Unkraut davor sind Sünden, dadurch geht die Tür nur schwer auf.«

»Was trägt er auf dem Kopf, Mgulu?«

»Eine Dornenkrone.«

»Das muss ihm aber wehtun. Warum hat er sie aufgesetzt?«

»Er hat es nicht getan, aber die Menschen setzten sie ihm auf, und dann schlugen sie Nägel durch seine Hände und Füße und hängten ihn an einen Baum, bis er starb.«

»Aber warum ließ er das zu?«

»Weil er uns helfen wollte. Er kommt in unser Herz, wenn wir ihn nur haben wollen.«

Es wurde ganz still, und dann sprach Mgulu wieder.

»Er ist in mein Herz eingezogen. Er klopft an, aber er öffnet die Tür nicht. Das muss man selbst tun.«

»Ich möchte ihn einlassen«, sagte Schandala.

Mgulu sank auf die Knie, und Schandala faltete die Hände. Ich nahm meinen Tropenhelm ab, als der kleine Kerl betete.

»Bitte, Jesus, komm in Schandalas Herz.«

»Ja, bitte komm, Herr Jesus«, sprach die Kleine nach.

Mitten im Herzen Afrikas, auf der Veranda des Urwald-Krankenhauses, dankte ich Gott gesenkten Hauptes, dass mir dieses selbe Gebet erhört worden war, als ich noch ein Schuljunge war, und dass ich auf der Universität, im Krankenhaus und im Urwald von Jesus Christus, meinem lebendigen Freund und Retter, Zeugnis geben konnte.

Ein steifer Hals macht Sorgen

»Was in aller Welt ist los?«, fragte ich.

»Oh, Buana, da ist ein Mann mit steifem Hals erschienen«, meldete Daudi, »wie der aber aussieht!« Er machte mir höchst drastisch vor, wie der Mann aussah und sich bewegte. Dabei untermalte er seine Bewegungen mit typischen Eingeborenenlauten, die Angst und Schmerz ausdrückten.

Wir mussten laut lachen.

»Reib ihn mit Salbe ein, Daudi, und gib ihm Aspirin. Ich werde dann morgen nach ihm sehen.«

»Das ist ein komischer alter Kauz, Buana, er tobt herum und kreischt. Der wäre imstande, um Mitternacht zu dir herunterzukommen!«

»Das soll er lieber bleiben lassen! Letzte Nacht drei Geburten und heute fünf Operationen«, gähnte ich. »Nichts als ins Bett für mich! Gute Nacht!«

Am nächsten Morgen machte ich auf der Männerstation Visite. Wir hatten dort dreizehn Betten. Mein Freund mit dem steifen Hals lag im letzten Bett. Sein steifer Hals zwang ihn, westwärts zu sehen, während ich meinen Rundgang im Osten begann. Er machte verzweifelte Anstrengungen, mich zu sehen, aber da er nicht das ganze Bett drehen konnte, gelang es ihm nicht, und er ließ deshalb eine ganze Litanei von Klagelauten los.

»Ruhe!«, drohte James, »sei froh, dass du keine Giraffe bist.«

Auf den Alten machte das keinen Eindruck, und er setzte seine Tonleiter fort.

Unter dieser Begleitmusik besah ich mir einige Ekzeme, behandelte ein krankes Auge und massierte ein gebrochenes Bein, das prächtig heilte. Als ich nun zu einem Patienten mit Lungenentzündung kam, der schwer krank war, sagte James zu dem Störenfried: »Väterchen, wenn du nicht still bist, wird der Buana gar nicht zu dir kommen.«

»Aua«, jammerte der Alte. »O mein Hals!« Aber er verhielt sich dann still.

Ich horchte die Lunge sorgfältig ab und lächelte erleichtert.

»Gut! Die Lunge arbeitet schon besser, aber heute Nachmittag wollen wir ihm doch Sauerstoff geben. Bereite alles dafür vor, Daudi!«

Als ich zu unserem neuesten Patienten kam, sah ich Mgulu mit seinem unförmigen Halsverband an der Tür um die Ecke äugen. Ich tat so, als ob ich ihn nicht bemerkte, und beschäftigte mich mit dem alten Mann. Vor drei Monaten war sein Hals steif geworden. Zuerst machte er sich nichts draus, aber dann wurde er steifer und steifer, bis es schließlich so war, als wäre er in Stacheldraht eingeklemmt. Sein Kopf wurde unbeweglich. Alle Bemühungen des Medizinmanns waren fehlgeschlagen – er zeigte auf eine Anzahl tiefer Risse, wund und entzündet.

»Und dann, Buana, nahm er noch drei von meinen Ziegen und machte *miti* (Medizin) daraus. *Ugh!*« Ihn schauderte bei der Erinnerung. »Ich rief auch meine Ahnen an, aber ganz umsonst. Meine Verwandten sagen, dass du starke Medizin hast. Ich würde sie gern schlucken, vielleicht kann mir doch geholfen werden.«

Wir setzten ihn behutsam im Bett auf, und ich fing an, seine steifen Nackenmuskeln zu untersuchen. Bei der ersten Berührung schnellte er hoch und schrie in den höchsten Tönen: »*O-o-o-o-o-o-o-whi!*«

Hastig zog ich meine Hand zurück.

»Oh«, sagte Samson, »hat er dir wehgetan? War es wirklich so schlimm?«

»Nein«, sagte der Alte mit zitternder Stimme, »er hat mir nicht wehgetan. Aber ich dachte, er würde mir gleich wehtun.«

Schallendes Gelächter ertönte vom Eingang.

Ein paar Schritte weiter lag ein trübsinniger Massai, der zu groß für das Bett war, dem das Essen nicht schmeckte, der immer noch stärkere Medizin haben wollte und den bisher nie jemand hatte lächeln sehen. Aber über diese kleine Begebenheit lachte er Tränen, und selbst noch zwei Tage später brach er plötzlich in Gelächter aus und murmelte immer wieder vor sich hin:

»Es tat nicht weh, aber es hätte wehtun können!«

Vorsichtig und ohne weiteren Zwischenfall untersuchte ich den Hals des Alten und zeichnete hier und da, wo der Schmerz am größten war, kleine Kreise. Dann setzte ich mich auf einen Stuhl neben den Alten.

»Ja, wir können dir helfen. Heute Nachmittag werden wir anfangen.«

»*Yah!*«, rief er. »*Yah*, wird es was nützen?«

»Das kannst du mir heute Abend erzählen«, erwiderte ich und rief meine afrikanischen Gehilfen zusammen.

Wir gingen in den Unterrichtsraum, und ich hielt ihnen einen Vortrag über Rheumatismus und seine verschiedenen Symptome.

»Alle herhören! Es war äußerst günstig, dass ich neulich eine Reifenpanne hatte, denn während Samson die Panne behob, sah ich die neueste Ausgabe der englischen Ärzte-Zeitung durch, und da las ich, wie man Rheumatismus, der sich durch Schmerzen an einer ganz bestimmten Stelle äußert, neuerdings behandelt. Heute Nachmittag will ich nun diese Behandlung bei dem alten Mann versuchen. Samson, du musst seine Schulter so fest wie irgend möglich halten. Bist du stark genug dazu?«

Er grinste über das ganze Gesicht. Ich betrachtete seine Muskelpakete und grinste zurück!

»Daudi, ich brauche die Spritze für die Lokalanästhesie, die lange Spezialnadel, Salbe und – Leute, die unbedingt den Mund halten, bis ich ihnen das Reden wieder erlaube. Wir werden ihn im Operationssaal auf einen Stuhl setzen, und Samson wird seine Schultern festhalten. Dann werden wir an all den Stellen, die ich heute angezeichnet habe, eine Injektion machen und anschließend fünf Minuten warten. Daudi, du stellst dich hinter seinem Rücken auf, und wenn ich mit dem Kopf nicke, schreist du gellend los. Dann werden wir ja das Ergebnis sehen.«

Alle waren aufs Höchste gespannt.

Um 15 Uhr war alles vorbereitet. Mgulu durfte, auf seinen besonderen Wunsch hin, auf einem Stuhl in der

Ecke sitzen. Seine schmale Gestalt verschwand fast ganz in einem Operationsmantel, dazu trug er einen Atemschutz.

James rieb den Patienten vorsichtig mit Jod ein. Ich schrubbte meine Hände, und Samson bereitete sich auf das Festhalten vor. Dann baten wir, wie immer, ehe wir anfingen, Gott um seine Hilfe.

Ich gab die Spritzen so vorsichtig wie möglich. Dem Alten brach der Schweiß aus, und er klagte in jammernden Tönen.

Aber anscheinend tat es ihm nicht sehr weh, und als ich mir eine Stelle nach der anderen vornahm, wuchs sein Vertrauen.

»Yah«, meinte er, »ganz so empfindlich wie vorher ist es nicht mehr.«

»Stillhalten«, gebot Samson.

Man sah beinah mit bloßem Auge, wie die Muskeln sich entspannten. Die letzte Spritze war verabreicht, und ich blickte auf unseren altersschwachen Wecker. Noch einmal hörten wir die ganze Geschichte, gebührend ausgeschmückt. Alle Augen starrten auf den Wecker. Es war höchst amüsant, Mgulu auf seinem Stuhl zu beobachten. Er war in das Geheimnis eingeweiht, und seine Augen glänzten vor Erwartung. Samsons Griff wurde fester. Daudi bezog leise seine Stellung. Ich nickte mit dem Kopf, und da stieß er einen Schrei aus, der einem das Blut erstarren ließ. Selbst ich fuhr in die Höhe, obwohl ich darauf vorbereitet war.

Der Kopf des alten Mannes schnellte herum, dahin, woher der Lärm kam. Die Zuschauer klatschten begeistert.

»*Ooo, oh, ooo!*«, japste der Patient, dann breitete sich ein Lächeln über sein Gesicht aus. »*Yah*«, sagte er, »den kann ich nun wieder bewegen. Das war abgekartetes Spiel, *hee*!«

Vorsichtig bewegte er den Kopf auf und ab, dann seitwärts, und schließlich rollte er ihn rundherum. Er kam zu mir herüber und schüttelte mir die Hand.

»Ich danke dir, mein Sohn, du bist wirklich ein mächtiger Zauberer.«

»Nein«, sagte ich, »es ist keine Zauberei, sondern höhere Weisheit.«

»Wir werden es ihm erklären«, versprach James und führte seinen Parade-Patienten der erwartungsvollen Station vor.

Ich trug den Fall ins Operationsbuch ein. Bei der Gluthitze brauchte man kein Löschblatt. Eine Hand schob sich auf mein Knie. Ich erkannte meinen kleinen Freund.

»Na, Mgulu, was gibt's?«

»Buana, wenn du seinen Hals in Ordnung gebracht hast, kannst du doch sicherlich auch meinen hinkriegen?«

»Dazu gehören drei, Mgulu: Gott, du und ich. Gott wird seine Hilfe nicht versagen, ich werde mein Bestes tun, und nun kommt es darauf an, dass du Ihm und mir vertraust.«

»Ja, Buana«, nickte er feierlich.

»Du musst mir dein Vertrauen dadurch beweisen, dass du die Medizin nimmst und tust, was ich dir sage.«

Er nickte wieder.

»Sieh mal, genauso ist's mit Gott.«

»Ich verstehe, Buana.«

Gemeinsam knieten wir nieder und brachten alles vor Gott.

Auf meiner abendlichen Runde kam ich dazu, als James zu den Patienten auf seiner Station sprach. Ich verstand nur die Worte »steifer Hals«, die im hinteren Ende des Raumes heftigen Beifall auslösten.

»Hört mich an«, sagte James, »das Unglück mit dem steifen Hals brachte dem alten Mann Kummer und Sorgen. Es verpfuschte sein Leben und hätte ihn mit der Zeit ins Grab gebracht.«

»Richtig«, unterbrach ihn mein Patient voller Begeisterung, »jedes Wort davon ist wahr, aber der Buana hatte dann die Medizin der Weisheit.«

»Halt die Klappe«, sagte James, »dies ist meine Geschichte, nicht deine!«

»Aber es ist mein Hals«, widersprach der Patient.

»Du konntest ihn aber weder bessern, noch konntest du mit der Sünde fertig werden, die dein Leben elend macht und deine Seele tötet. Doch der große Arzt Jesus, Gottes Sohn, kam aus Seiner Heimat, dem Himmel, um mit uns zu leben und für uns zu sterben. Er und nur Er allein kann die Sünde von deinem Herzen nehmen – ebenso, wie der Buana die Steifheit von deinem Hals nahm.«

Der Alte murmelte etwas vor sich hin.

»Glaubst du, dass er das versteht, James?«

»Jetzt noch nicht, Buana, aber ich werde es ihm immer wieder erzählen. Man kann auch keinen Baum mit einem Schlag fällen.«

Lutu

Zum fünften Mal stocherte ich den Spirituskocher zurecht und stellte ihn neben einen Aluminiumtopf und ein Gewirr weißer Sisalfasern auf den Tisch. Die weiße Oberschwester machte aus den Fasern etwa 25 Zentimeter lange Strähnen, wickelte sie geschickt um ihre Finger und kochte sie dann in dem Topf aus.

»Ich wüsste gern, was die zu Hause dazu sagen würden!« Lächelnd sah sie mich an und zeigte auf eine Rolle Nähgarn. »Nur der Gedanke allein, operiert und dann inwendig mit gewöhnlichem Garn genäht zu werden, würde sie in Angst und Schrecken versetzen.«

Ich drehte die Rolle hin und her.

»Hmm! Aber es ist bestes Vierziger Garn – nichts dagegen einzuwenden.«

»Ja, Doktor, aber sie würden wohl Protest erheben, wenn Nähgarn anstatt ›Katzendarm‹ verwendet werden würde, und wenn ihre Haut mit Kaktusfasern, die der Arzt in seinem Garten zieht, zusammengeflickt werden würde!«

»Vieles in diesem Krankenhaus würde die zu Hause aufregen. Sie fänden unsere Waschschüsseln aus Petroleumbüchsen ebenso schrecklich wie unsere Nachtschränke aus Petroleumfässern, und höchstwahrscheinlich würden sie unser Essen, dreimal täglich Haferbrei, und eine Nachtschwester, die schläft, wenn sie nicht gebraucht wird, ablehnen.«

Nun fing die Schwester an zu lachen. »Was die

Nachtschwester anbetrifft, so schläft sie auch manchmal, wenn sie gebraucht wird. Erst vorige Nacht musste ich Elisabeth wach rütteln, um sie zum Aufstehen zu bringen!«

»*Hodi!*«, rief es von der Tür her. »*Hodi*, Bibi!«

Die Schwester stand auf. »Was ist passiert?«

»Bibi, die eine Frau auf der Station, die will einfach nicht baden. Sie sagt, dass sie gestern ein Bad genommen hat und heute um keinen Preis wieder badet!«

Ich grinste. »Das ist nun mal ausschließlich Ihre Angelegenheit, Schwester, ich hab dabei nichts zu suchen. Ich werde das Kochen beaufsichtigen.«

Am nächsten Morgen fand ich eine Reihe sauber etikettierter Flaschen vor, die alles nötige Material für das innerliche und äußerliche Nähen bei Operationen enthielten. Ich entnahm von jeder eine Probe und untersuchte sie auf ihre Keimfreiheit. Gerade hatte ich die letzte Flasche vorsichtig auf das Bord gestellt, als Samson erschien. Er gab mir hastig einen Brief. Neugierig betrachtete ich ihn. Auf einem schmutzigen Stück braunem Papier stand mit ungelenken Buchstaben flüchtig übersetzt etwa:

Lieber Buana,
komm schnell, das Kind wird bald sterben.

Weder Unterschrift noch Adresse waren vorhanden. Ich gab es Samson zurück.

»Weißt du, was das bedeutet?«

Er studierte es und kratzte sich am Kopf.

»Buana, ich hab keine Ahnung«, sagte er.

»Aber ich«, kam Setschelelas Stimme von der Tür her. »Sie ist verwandt mit mir. Ihre Familie hat sie tagelang versteckt gehalten. Sie fürchten, dass sie schweren Aussatz hat, und verbergen sie deshalb so ängstlich. Vorige Nacht hörte ich, dass sie sehr krank sei, und nun ist's wohl schlimmer, als ich dachte.«

Die alte Setschelela war sehr aufgebracht, deshalb schickte ich Samson nach dem Wagen und wandte mich ihr zu.

»Setschelela, warum haben deine Verwandten kein Vertrauen ins Krankenhaus?«

»Buana, sie ist nur so um ein paar Ecken herum mit mir verwandt, denn sie ist die Tochter vom Vetter meines Schwiegersohns.«

Ich musste lachen, und sie fuhr fort:

»Er ist ein grässlich schwieriger Mann, Buana. Er schlägt seine Frau, trinkt und hat schon zweimal Ferien auf Staatskosten gehabt.«

Ich schmunzelte über die komische Art, mit der sie den Gefängnisaufenthalt umschrieb.

»Er gehört wohl nicht zu den Verwandten, auf die du besonders stolz bist, Setschelela? Da kommt der Wagen! Wir wollen sofort losfahren.«

Ich kannte jeden Stein, jedes Loch und jede Rinne auf dieser Straße, aber in Tansania passiert immer etwas Unvorhergesehenes, deshalb war ich gar nicht überrascht, als wir gerade noch Bremsen knirschend vor einem Esel anhalten konnten, der wie angewurzelt mitten auf der Straße stand.

»Schalte einen kleinen Gang ein, Samson, und schieb den Esel aus dem Weg.«

»Dabei werden wir uns den Kühler eindrücken, Buana.«

Ich wandte mich nach hinten: »Setschelela, sprich du mal mit dem Biest.«

Die alte Lady erhob ihre Stimme: »*U bite gwe ulece kudinda nzila*« (»Weg mit dir! Was fällt dir ein, die Straße zu versperren!«)

Schuldbewusst trottete der Esel ab, und der Wagen ruckelte weiter.

»Sieh mal an«, stellte Samson fest, »der kennt die Stimme seiner Frau Mutter.«

Wir bogen uns vor Lachen!

Der Wagen rutschte ein Flussufer hinunter und grub sich seinen Weg durch den weichen Sand. Als wir glücklich am anderen Ufer hinaufkletterten, stieß ich Samson an: »Hast du alles wie gewöhnlich eingepackt?«

»Ja, Buana, zwei Matratzen, ein paar Kissen und die Tasche für Erste Hilfe, dazu Spaten, Hacke und Axt.«

»*Yoh*, hoffentlich brauchen wir sie nicht, heute kommt's aufs Tempo an, denn es geht um ein Leben.«

Endlich tauchten ein paar typische Gogo-Häuser auf. Wir fuhren geradewegs auf eins davon zu und riefen »*Hodi*« an der Tür. Ein kleines Mädchen blinzelte aus der dunklen, schmutzigen Hütte heraus.

»*Koriba*«, rief sie schüchtern.

Ich folgte Setschelela ins Innere. Meine Augen taten mir weh vom Feuer, das mitten im Raum brannte, und dass Ziegen und Hühner auch mit drin waren, verriet mir meine Nase. Setschelela drang tiefer in den Mief vor und blieb bei einem sonderbaren Gebilde dicht an der Wand stehen.

»Buana«, sagte sie, »das ist die kleine Lutu, und sie ist tot! Es ist bei uns Brauch, ein Kind kurz vor seinem Tod mit einem dünnen Tuch zuzudecken. Wir kommen zu spät! Sie ist tot!«

Sie legte ihre Hand auf das verlassene Häufchen Elend unter dem schmutzigen Tuch. Das hatte eine überraschende Wirkung. Ein schriller Aufschrei kam von dem »toten« Kind.

»Lass das, lass das! Du tust mir weh!«

Ich fuhr einen Schritt zurück, stolperte über einen Kochtopf, fiel der Länge nach hin und riss dabei ein Bündel getrockneter Maiskolben herunter, nach denen ich beim Fallen gegriffen hatte.

Das kleine Mädchen kam schreiend auf die Beine. Setschelela brachte sie ins Freie und beruhigte sie. Sie war in einem jammervollen Zustand. Eine Hand war fast weggefressen von einer riesigen, böse aussehenden Wunde. Beide Füße waren in einem ähnlichen Zustand, und ihr ganzer Körper war voller Wunden und Eiterbeulen. Als ich sie vorsichtig untersuchte, erschien ihre Mutter mit einem Kürbis voller Wasser auf dem Kopf. Nach dem vollendeten Begrüßungszeremoniell zog Setschelela sie in eine Ecke und redete auf sie ein. Dann kam sie zu mir zurück.

»Buana, sie haben entsetzliche Angst, dass sie schweren Aussatz hat, und wollen sie langsam zu Tode hungern lassen.«

»Wie abscheulich, Setschelela!«

»Ja, aber was sollen sie machen? Warten, bis die

anderen Kinder sich angesteckt haben! Du weißt ja, dass das überall der Fall war.«

»Aber jetzt ist das doch anders! Wir können das Kind in einem Monat gesund und kräftig haben. Es hat ja nur die üblichen Geschwüre.«

»Ich werde alles mit den Angehörigen regeln, Buana.«

Aber es war nicht so einfach, wie sie sich's dachte, und wir bekamen erst nach zwei Stunden des Verhandelns die Erlaubnis, das kleine Mädchen mit ins Krankenhaus zu nehmen. Ich war außer mir über die Verzögerung, aber sie wurde zum Segen, denn gerade als Samson die kleine Leidensgestalt im Wagen bettete, erreichte uns ein zweiter Brief, diesmal aus unserem Hilfskrankenhaus, das von hier nur eine Meile entfernt war. Ich las die hastig hingeworfenen Worte:

Buana, komm schnell, großer Blutverlust, Frau stirbt, wenn Du nicht umgehend kommst.

Blandina

Setschelela hatte unsere kleine Patientin auf einer Matratze untergebracht und gab ihr etwas Heißes zu trinken.

»Tut mir leid, Setschelela«, rief ich, »wir müssen noch eine andere Kranke mitnehmen.«

Vorsichtig steuerte Samson durch die ausgetrockneten Flussbetten, und wir krochen die holprige Straße zum Krankenhaus hinauf. Ich stellte mich aufs Trittbrett und sprang ab, bevor der Wagen hielt. Blandina kam an die Tür.

»Es geht ihr eine Spur besser, Buana. Die alten Dorfweiber haben Grässliches angerichtet. Sie hat zu Hause tagelang geblutet.«

Ich fühlte ihren Puls. 140. Sie atmete stoßweise. Ich sah auf ihre Fingernägel. Die Haut darunter war schneeweiß. Vorsichtig hoben wir sie in den Wagen. Ich wollte noch ein paar Worte mit Blandina wechseln.

»Du bist ein famoses Mädchen und hast alles ganz richtig gemacht. Sollte ihr Leben verloren sein, ist's bestimmt nicht deine Schuld. Bete für uns, während wir arbeiten.«

Sie ergriff meine Hand.

»Das will ich tun, Buana, recht gute Fahrt, und Gott sei mit euch!«

So vorsichtig wie möglich fuhren wir den Hügel hinunter, durch die ausgetrockneten Flussbetten und durch die Steppe. Vor uns lag ein zwei Meilen langer Hügel. Plötzlich kam ein Schreckensruf von Setschelela, die das kleine Mädchen mithilfe eines Benzinkanisters etwas höher an ihre Seite gelegt hatte.

»Buana, bei der Frau haben die Blutungen wieder angefangen, und ihr Puls ist weggeblieben.«

»Samson, sofort anhalten!«

Wir hielten ruckartig. Die Frau sah furchtbar aus. Sie rang nach Luft. Nur ein winziges Flattern zeigte an, dass ihr Herz noch arbeitete. Ich öffnete meine Tasche, nahm eine Spritze und eine Schachtel mit Morphium-Tabletten heraus und – sah mich einem unvorhergesehenen Problem gegenüber. Ich hatte kein Wasser zum Auflösen der Tablette! Was war zu machen? Da bemerkte ich, dass ein kleiner Dampfstrahl aus dem

Kühler entwich. Da war ja Wasser, und sogar sterilisiertes!

»Samson, schraub die Kühlerhaube auf, ich brauche Wasser!«

Samson griff nach einem Stück Sack und öffnete den provisorischen Kühlerverschluss. Ein Strahl kochenden Wassers schoss in die Luft. Ich füllte meine Spritze aus einer Beule in der Kühlerhaube, löste das Morphium auf, und kaum eine Minute, nachdem wir angehalten hatten, übte die Leben spendende Medizin schon ihren Einfluss auf unsere Patientin aus. Ich fühlte ihren Puls und nickte Samson zu. Er fuhr wieder an und steuerte vorsichtig über die Ebene. Ich sah zu Setschelela hinüber, und sie nickte mir zu, ihre Lippen bewegten sich im Gebet. Alles ging gut, bis wir in Sichtweite des Krankenhauses kamen. Oben auf dem Hügel vor uns leuchteten die weißen Gebäude hell in der Sonne. Geschickt fuhr Samson mit kleinem Gang durch das breite ausgetrocknete Flussbett. Ich hörte ein gepresstes Pfeifen von ihm. Er riss das Rad heftig nach einer Seite herum, aber es war zu spät. Und da saßen wir nun – vor unseren Augen das Krankenhaus – bis an die Achsen im Dreck. Samson sprang heraus und fing wie wild an zu buddeln.

»Wieder eine Blutung«, schrie Setschelela.

Ich griff zur Seite und fühlte den Puls.

»Samson, es geht um ein Leben«, drängte ich. »Wenn wir diese Frau nicht in einer Viertelstunde im Krankenhaus haben, stirbt sie!«

Ich ließ die Patientin in Setschelelas Obhut und kam Samson zu Hilfe. Flach auf dem Bauch liegend, schaufelte ich den Sand mit den Händen heraus, und während ich so dalag, betete ich: »O Gott, hilf uns doch hier heraus und rette dieses Leben.«

Plötzlich sahen wir vier unserer Gehilfen vom Krankenhaus auf uns zulaufen. Mit einem Satz erklärte Samson ihnen die Lage. Ich saß auf dem Fahrersitz und spürte, wie der Wagen sich bewegte. Er ruckte, kam vorwärts, ruckte und saß wieder an dem steilen Ufer fest. Doch die Kräfte der Gehilfen überwanden die Schwierigkeit, und wir bewegten uns sicher auf der Straße zum Krankenhaus.

Ich sah mich um, Daudi war neben mir.

»Der Operationsraum ist fertig, alles ist vorbereitet, und irgendwie hatten wir das Gefühl, dass wir zum Fluss hinuntergehen mussten.«

»Daudi, das ist wieder die Erfüllung von Gottes Versprechen: ›Ehe sie rufen, will ich antworten, und während sie noch bitten, will ich sie erhören.‹ Wärt ihr zehn Minuten später gekommen, wäre es zu spät gewesen!«

Daudi beaufsichtigte den Transport der Patientin in den Operationsraum. 15 Minuten später lief alles wie am Schnürchen.

Nachdem ich den Operationsraum verlassen hatte, ging ich zur Kinderstation hinüber. Lutu sah, nachdem sie gebadet und verbunden worden war, vollkommen verändert aus. Sie wurde von einer freundlichen afrikanischen Schwester gefüttert.

»Buana«, sagte diese, »die hat bestimmt ein riesengroßes Loch im Bauch!«

Es war erstaunlich, wie alles bei ihr anschlug. Kaum

eine Woche später sah ich sie auf einer Matte in der Sonne sitzen. Sie blickte mich mit strahlendem Lächeln an und bat um mehr Haferbrei. Sie war eine rührende Patientin, aber es schien fast unmöglich, genug Essen für sie heranzuschaffen.

Bei den Einspritzungen saß sie mit fest geschlossenem Mund da, und nur ein leichtes Erbeben beim Herausziehen der Nadel verriet, dass es ihr wehtat. Dreimal wöchentlich wurde sie mit Salbe eingerieben und verbunden, und obgleich ihre rechte Hand für immer nicht voll gebrauchsfähig sein würde, wurde Lutu schnell ein gesundes, normales junges Geschöpf, bei dem nur noch ein paar Narben von den eben geheilten entsetzlichen Geschwüren zeugten. Mgulu mit seinem bandagierten Hals und Lutu noch mit dem Arm in der Schlinge schleppten Schandalas Bettchen auf die Veranda hinaus, wo gewöhnlich alle nicht bettlägerigen Insassen der Kinderstation im Schatten saßen, spielten oder heftig über alles und jeden in ihrer Umgebung diskutierten.

Mgulu sieht sich im Spiegel

Der schwitzende Postbote warf den Postsack mit einem Seufzer der Erleichterung auf den Boden.

»*Kah*, Buana, das war schwer«, sagte er, als ich den Sack aufschloss und den Inhalt auf den Tisch schüttete.

Ich sortierte die Briefe und beobachtete den dunklen untersetzten Kerl, wie er nun auf der letzten Strecke seiner 20-Meilen-Tour über den Hügel zum Schulgebäude ging. Sein Hemd, das er über seiner dünnen Hose trug, flatterte lustig im scharfen Ostwind.

Die Post brachte nichts Besonderes. Drei Briefe, vier Angebote für Sonnenschutzmittel, das British Medical Journal und ein sperriges Päckchen, das ein großes Buch enthielt. Ich löste die Verpackung und hielt das neueste Buch über Hautkrankheiten in der Hand. Es kam mit Grüßen der Verleger und war der äußerst zweckmäßige Ausdruck ihres Interesses an der Ärztemission. Ich machte mich sofort daran, einen Dankesbrief zu schreiben, und überflog dann die Seiten.

»Buana«, ließ sich eine Stimme vernehmen, »Setschelela braucht dich, Babys im Anmarsch!«

»Gut, ich komme.«

Ich wusste natürlich genau, was bei einer Geburt alles passieren konnte. Deshalb zog ich meine kurzen Hosen aus und meine weiten Hosen an, schlüpfte in die Moskitostiefel und sauste zum Krankenhaus. Das neue Buch klemmte ich mir unter den Arm. Alles war für einen kleinen Eingriff bereitgestellt. Ich schrubbte meine Hände, nachdem ich den Atemschutz angelegt und ein Dreieckstuch rund um meinen Kopf festgebunden hatte. Als ich halb fertig war, hatte ich das Gefühl, als krabbele etwas auf meinem Kopf.

»Setschelela«, sagte ich, »irgend so ein *dudu* krabbelt auf meinem Kopf unter der Kappe.«

Sie lachte. »Ach, Buana, das ist nur die Erinnerung an die Küchenschabenplage vor einem Monat.«

Ich protestierte: »Es ist bestimmt keine Einbildung. Ich fühle es ganz deutlich. Schnell! Genau über meinem rechten Ohr.«

Peng! Setschelela hatte das Buch über Hautkrankheiten ergriffen und es mir mit Gewalt über den Kopf gezogen. Ich fiel vor Schreck fast vom Stuhl.

»Oh«, japste ich. »Sachte, sachte!«

»*Kah*«, rief die alte afrikanische Hausmutter. »Wenn sie dich gestochen hätte, wäre dein Kopf sooooo – – geschwollen« – sie blies ihre Wangen auf und entfernte theatralisch die zerschmetterten Reste einer blau schillernden Wespe von meinem Kopf.

Noch immer etwas benebelt von Setschelelas Schlag, machte ich bald den letzten Stich und zog meine Handschuhe aus.

»Geh noch nicht fort, Buana, gerade ist ein neuer Fall eingeliefert worden«, bat die Nachtschwester, die eben zum Dienst kam.

Ich wandte mich ihr zu:

»Ich übernehme das, geh zum Essen. Vorige Nacht bist du kaum zur Ruhe gekommen.«

Nach einigem Protestieren war sie einverstanden, und ich sah ihre weiße Haube in der Dämmerung verschwinden. Ich machte es mir auf einem dreibeinigen Schemel bequem und vertiefte mich beim Licht einer Sturmlaterne in mein neues Buch, während ich auf die Geburt wartete.

Setschelela gähnte, als sie hereinkam: »Ich leg mich jetzt eine Weile schlafen.« Ich nickte, ohne aufzusehen. »In Ordnung, Setschelela«, und blätterte weiter.

Meine Aufmerksamkeit war durch die farbige Abbildung eines winzigen Gewächses erregt, das, wie mich das Buch belehrte, krebsartig, aber ungefährlich war, hervorgerufen durch Sonnenbestrahlung. Das Blatt zeigte zehn Abbildungen davon in verschiedenen Stadien. Eins schien die genaue Fotografie von einem Ding zu sein, das sich unmittelbar über meiner linken Kniescheibe bildete. Ich krempelte mein Hosenbein hoch und betrachtete es. Tatsächlich! Es stimmte genau mit der Beschreibung überein. Es war schon acht Monate alt, und ich wusste, dass es keine Warze war. Da ich den ganzen Tag in kurzen Hosen herumlief, konnte die Sonne allerhand auf meiner Haut anrichten, und anscheinend hatte sie das auch getan. Meine Untersuchung wurde durch einen Ruf aus dem Nebenzimmer unterbrochen, und während der nächsten Stunde verlor ich alles Interesse an Hautkrankheiten.

Aber als ich im Dunkeln nach Hause wanderte, überlegte ich, was ich wohl tun sollte. Geeignete Instrumente und gelernte Mediziner, die den Tumor hätten näher bestimmen können, waren mindestens 400 Meilen weit entfernt. Es war unmöglich, das Krankenhaus um diese Jahreszeit zu verlassen. Durch die Regenfälle war das Land meilenweit mit schmutzigem, schwarzem Schlamm bedeckt, außerdem steckten wir mitten in einer schweren Epidemie von Hirnhautentzündung, die meine Anwesenheit unbedingt erforderlich machte. Bevor ich meine Lampe löschte, hatte ich mich entschieden. Es gab keine andere Möglichkeit – ich musste mich selbst operieren.

Donnerstags nachmittags sahen wir immer alle Instrumente im Operationsraum nach, wischten sie mit Spiritus ab und ölten die beweglichen Stellen. Daudi hängte gerade die Arterienzangen an ihre besonderen Haken.

»Morgen Nachmittag werden wir sie gebrauchen, Daudi. Ich muss operieren, aber diesmal einen Weißen.«

Daudi stutzte. »Wen, Buana?«

Ruhig zeigte ich ihm die langsam wachsende Geschwulst an meinem Knie.

»*Hongo*«, rief Daudi. »Du willst dich doch nicht etwa selbst operieren, Buana?«

»Genau das will ich tun. Es ist ja niemand sonst da, der's könnte. Es ist keine große Angelegenheit, und ich kann es lokal betäuben.«

»Na«, meinte Daudi, »das ist wirklich ein Witz, sich selbst unters Messer zu nehmen.«

Die Aussicht war nicht gerade rosig. Jede Art von Krebs ist mir ein Gräuel. Da saß ich nun mit meiner Weisheit, festgenagelt in einem Urwald-Krankenhaus mitten in Afrika, meilenweit vom nächsten Ort entfernt. Diese kleine Geschwulst konnte vollkommen harmlos sein – oder auch genau das Gegenteil. Um das zu ergründen, musste man ein dünnes Stück herausschneiden, vorschriftsmäßig einfärben und unters Mikroskop legen. Daudi war von der Angelegenheit ebenso beunruhigt wie ich selbst.

Bei der Andacht am nächsten Tag sprach er sehr anschaulich über den Unterschied von Sünde und Versuchung. Sehr bestimmt kam er zu dem Schluss: »Versuchungen wird es immer und für jedermann geben. Sie schaden uns nicht, wenn sie sich nicht bei uns einnisten und der Sünde den Weg bereiten. Man muss Versuchungen vertreiben.«

In diesem Augenblick setzte sich eine Krähe auf das Dach der Apotheke, und ein kleiner Junge, mit einem Strick um den Bauch, hob einen Stein auf und schleuderte ihn gegen den gefiederten Abfallsammler. Krächzend schlug er mit den Flügeln und verschwand.

»Ah, da haben wir ein Beispiel«, sagte Daudi. »Man kann keine Krähe hindern, übers Dach zu fliegen, aber man kann verhindern, dass sie auf dem Dach sitzen bleibt!«

»Was passiert denn, wenn sie sitzen bleibt?«

James ließ ein Grunzen vernehmen und antwortete in drei Sprachen: »*Ving-onyo, dudus, insects.*«

»Ja«, sagte Daudi, »und was tun sie?«

James wunderte sich. »Das weißt du nicht?«

Die Gehilfen grinsten vielsagend!

»Herhören«, fuhr Daudi fort. »Kleine Sünden wachsen, werden zur Plage und wachsen immer weiter, bis sie eines Tages die Menschen, die ihnen nicht Einhalt gebieten, töten.«

Er wandte sich zu mir.

»Buana, steh auf«, sagte er.

Erstaunt erhob ich mich.

»Bitte zieh deinen weißen Kittel aus.«

Ich fügte mich.

Er schob den Aufschlag meiner kurzen Hose hoch und zeigte auf die kleine Geschwulst, die mich so beunruhigte.

»Seht her«, sagte er, »hier ist ein kleines Weh-wehchen. Die meisten Menschen würden sagen: ›Ach, das ist ja ganz harmlos.‹ Aber der Buana weiß Bescheid. Er weiß aus seinem Buch, dass dieses kleine Ding sehr gefährlich werden und den ganzen Körper zugrunde richten kann. Was tut er dagegen? Lässt er es wachsen und zu einer tödlichen Gefahr werden? Nein, heute noch schneidet er es heraus.«

»Was?«, rief die ganze Schar. »Er selbst?«

»Ja, er wird seine eigene Geschwulst entfernen und dadurch die Gefahr bannen. Seht mal, diese Geschwulst ist wie die Sünde. Lässt man sie wachsen, wirkt sie töd-lich – wirft man sie von sich, ist man erlöst.«

»Daudi, du predigst falsch«, sagte James. »Niemand kann seine Sünde selbst von sich werfen.«

»Stimmt«, sagte Daudi, »das wollte ich gerade sagen. Nur der große Arzt Jesus Christus, Gottes Sohn, kann den Krebsschaden, die Sünde, von uns nehmen.«

Im Krankenhaus spielte sich an diesem Tag alles wie gewöhnlich ab. Ich hatte zwei Stunden lang mit den Leprakranken zu tun, zurzeit 13, die jede Woche zu den Injektionen in eine kleine Isolierbaracke außerhalb des Krankenhauses kamen. Alle wurden gewogen, ihre Geschwüre wurden verbunden, und Spritzen wurden ihnen verabreicht. Ihre stetige Besserung wirkte sehr ermutigend. Dann musste ich eine halbe Stunde mit einem Maurer überlegen, wie wir die Leistungsfähigkeit unseres Verbrennungsofens verbessern könnten. Als ich zum Operationsraum ging, hörte ich Schritte hinter mir. Es war Mgulu.

»Buana, darf ich zusehen, wie du dich operierst? Ich würde dann bestimmt keine Angst vor meiner eigenen Operation haben!«

»Komm nur mit, wenn's dir Spaß macht, und setz dich auf einen Stuhl in der Ecke.«

Ich übergab Kefa meinen Mantel und schrubbte energisch meine Hände in unserer provisorischen Waschschüssel.

»Buana, nimmt diese Medizin wirklich alle Schmerzen weg?«

Ich lächelte ihm zu. »Du kannst ja mal beobachten, wie sie wirkt.«

Ich ergriff eine spitze Nadel, wandte mich dorthin, wo er in etwa einem Meter Entfernung saß, und sagte: »Nun wollen wir mal sehen, wie sie wirkt.«

Nach der Spritze stach ich tief in die gefühllose Stelle und merkte nichts. Das Gesicht des Kleinen war direkt zum Malen.

»Ja«, rief er atemlos, »es wirkt! Es wirkt tatsächlich fabelhaft!«

In diesem Augenblick traf ich eine Stelle, die von der Lokalanästhesie nicht erfasst war, und fuhr überrascht hoch.

»*Kah!*« Mgulu schüttelte sich vor Lachen, bis ihn ein strenger Blick von Daudi traf. Aber alle konnten sich das Lachen kaum verkneifen.

Darauf schnitt ich mit einem Skalpell ein bootförmiges Stück einschließlich der Geschwulst aus meinem Bein.

»Seht bloß«, staunte er, »er schneidet sich ins Bein, und es tut ihm nicht weh!«

Daudi stieß Samson heimlich an und flüsterte:

»Aber sieh nur mal, wie seine Hände zittern.«

Und – ehrlich gesagt – sie zitterten, denn es ist eine ziemliche »Pferdekur«, an sich selbst herumzuschnippeln! Trotzdem wurde meine Hand wieder sicher, als ich die Wunde mit Fäden aus Sisalpflanzen, die hinten in meinem Garten wuchsen, nähte. Die Wunde heilte dann vollkommen normal, und fünf Tage später zog Daudi mir vorsichtig die Fäden. Als er den letzten Faden erwischt hatte und zog, sah er mich an und sagte:

»Buana, ich habe gehört, dass du versuchst, Suaheli (die Verkehrssprache in Tansania) zu sprechen?«

»Stimmt, Daudi, habe ich etwas falsch gemacht?«

Der afrikanische Apothekengehilfe zeigte lachend seine herrlichen Zähne.

»Buana, was heißt ›kochen‹ auf Suaheli?«

»*Kutapika*, Daudi.«

»*Hongo!* Wenn ich nun behaupte, dass ›kochen‹ ›kpika‹ heißt?«

»Was heißt denn das andere Wort?«

»Es hat eine höchst abwegige Bedeutung, besonders, wenn du zu dem Koch sagst: ›*Kutapika*‹ die Kartoffeln, die Bohnen oder den Haferbrei.«

»Nun sag schon, was das blöde Wort heißt!«

»›Kotzen‹, Buana!«

Wir lachten schallend, genau wie der Koch gestern wohl gelacht hatte, als ich ihm den Rücken zudrehte! Wir hatten über die Diät eines Patienten gesprochen.

Ich hatte schon ein Pflaster auf der Wunde, und wir konnten zusammen zur Kinderstation gehen. Während Daudi im Operationsraum Instrumente sterilisierte, machte ich mir Notizen über die Fortschritte von drei Lungenentzündungen. Als er in der Tür erschien, drehte ich mich auf meinem Benzinkanister um und sagte:

»Ich werde heute nur Mgulu operieren. Die Sache wird ungefähr zwei Stunden dauern. Für die Star-Operationen bin ich einfach zu müde.«

Daudi nickte. »Gut, Buana. Der Einäugige hat sowieso Husten, und du könntest ihn gar nicht operieren. Der andere ist ein Verwandter von ihm, der verlangt, nur gemeinsam mit ihm verarztet zu werden. Es passt also alles gut zusammen.«

Mgulu saß mit fest verbundenem Hals in seinem Bettchen und redete mit Schandala, dem kleinen Mädchen, dem ich die Beine in Gips gelegt hatte.

»Ich will den Buana bitten, mir diesmal kein Betäubungsmittel zu geben. Seitdem ich gesehen habe, wie er sich selbst operierte, fürchte ich mich gar nicht mehr, und außerdem will ich genau wissen, was er macht.«

»*Kah*«, meinte das kleine Mädchen. »Das wird dir noch leidtun, und dann muss der Buana dir die Schlafmedizin geben, die so schrecklich riecht. *Ugh!*«

»Unsinn!«, kam die prompte Antwort. »Ich will den

Buana fragen, ob ich zu Besuch nach Hause fahren darf, wenn ich nicht weine.«

Daudi sah zu mir herüber und zog die Augenbrauen hoch. Ich nickte, und wir gingen zu Mgulus Bettchen.

»Der Buana will dich heute operieren«, erklärte Daudi ihm. »Und wenn du weder weinst noch jammerst, dann wird er dich, wenn dein Hals geheilt ist, zu einem Besuch bei deinem Vater nach Dodoma mitnehmen.«

»Gut«, sagte der kleine Junge. »Sagst du mir genau, was passiert, Buana? Ich will es gar nicht sehen, aber ich möchte alles ganz genau wissen.«

Das versprach ich ihm, und Daudi machte den Hals für eine letzte Untersuchung frei.

»Buana, ich hätte gern einen Spiegel«, bat Mgulu auf Gogo.

Ich wandte mich an eine junge Schwester, dachte kurz nach und sagte auf Suaheli: »*Lete koo.*«

Daudi fiel mir auf Englisch ins Wort.

»Da haben wir's wieder, Buana. Du hast sie um einen ›koo‹ gebeten. Das ist ein Hals. Du meinst aber ›kioo‹! Das ist ein Spiegel.«

Resigniert schüttelte ich den Kopf und lächelte der ernsthaften Schwester dankbar zu, als sie mir den Spiegel brachte.

»Schon gut«, sagte sie, »ich wusste, was du meintest, Buana. Gestern hast du mich um Tropfen für die ›jiko‹ (Küche) einer Frau gebeten, aber ich wusste, dass du sie für ihre ›jicho‹ (Augen) haben wolltest.«

Ich seufzte und stimmte dann in das allgemeine Gelächter ein.

Mgulu betrachtete sich nun sorgfältig von allen Seiten im Spiegel. Sein Spiegelbild lächelte mir zu, und unter seinem kleinen festen Kinn sah man die von der Tuberkulose infizierten Drüsen.

In Gedanken entwarf ich einen genauen Plan für die Operation und sah dann, dass der Hals säuberlich für den Eingriff vorbereitet war. Auf dem Weg zum Operationsraum wandte ich mich an Daudi:

»Zu Hause in einem Krankenhaus würden wir das alles nie so machen, aber hier in Afrika müssen wir etwas riskieren. Was ich allerdings nicht riskiere, ist, dem Kleinen Äther zu geben. Ich werde eine Lokalanästhesie machen.«

»Aber weshalb denn, Buana?«

»Ohne Röntgenaufnahme kann ich nicht feststellen, ob die elende Tuberkulose außer der Halsdrüse auch noch die Lunge infiziert hat.«

»Würde er dann nicht husten?«

»Nicht unbedingt, deshalb müssen wir's eben mit unserer großen Spritze und unseren feinsten Nadeln allein schaffen. Mach eine Spritze mit einem zehntel Gramm Morphium zurecht, Daudi, und halte sie bereit. Ich prüfe sie gleich noch.«

Ich sah zu, wie er eine kleine Tablette in Wasser auflöste und die richtige Menge genau abmaß. Dann legte er die Spritze, Nadeln und keimfreie Watte auf ein kleines Tablett. Mgulu wurde auf den Operationstisch gelegt, er zitterte ein bisschen und sah so blass aus, wie es einem Schwarzen überhaupt nur möglich ist. Kefa goss heißes und kaltes Wasser aus zwei sauber beschrifteten Petroleumbehältern, und als ich dann den Atemschutz und die Operations-kappe angelegt hatte, schrubbte ich mich bis zu den Ellbogen.

Daudi, der schon fertig war, deckte unseren Patienten bis auf den Kopf mit einem langen, weißen, keimfreien Laken zu, fädelte die Nadeln ein und legte die Instrumente zurecht. Die Oberschwester erschien. Sie sah todmüde aus. »Sieben Geburten seit Mitternacht!« Sie lächelte, als sie Daudis Vorbereitungen prüfte: »Das ist ja ganz neu, dass du das machst, aber ich hoffe, es bleibt nun dabei.«

»Hat's Schwierigkeiten gegeben, Schwester?«

»Nein, außer dass der alte Spirituskocher einfach nicht brennen wollte. Wir mussten das ganze Wasser in *debes* (Petroleumbehältern) kochen, auf einem Herd, der nach heiliger Gogo-Sitte aus drei Steinen errichtet war.«

»Bevor Sie gehen, Schwester, bitten Sie Gott für uns um die Geschicklichkeit, die Kraft und den Mut, die diese Operation erfordert.«

Ich sah auf die gesenkten Köpfe – die weiße Haube der Schwester war ein starker Gegensatz zu Setschelelas schwarz glänzender Haut. Daudi hatte seine Hände, die in Gummihandschuhen steckten, gefaltet, und seine schwarze Stirn zeichnete sich scharf zwischen Kappe und Atemschutz ab, und daneben der kleine Mgulu, der so vertrauensvoll mit geschlossenen Augen dalag. Die Schwester betete einfach und sehr eindringlich.

Meine Gedanken wanderten zu den schweren Tagen zurück, an denen ich vergeblich kämpfen musste. Da war der Zweijährige mit Krebs, der dann starb. Es war von Anfang an ein ziemlich hoffnungsloser Fall, und er hatte kaum zehn Prozent Aussicht durchzukommen. Trotzdem kämpfte ich bis zuletzt. Ich dachte auch an das kleine Mädchen, das von einem Krokodil zerrissen worden war. Es starb, ehe ich überhaupt etwas tun konnte. Und wie völlig hilflos war ich bei dem Kerlchen, dem der Medizinmann den Hals mit rostigen Nägeln lang gezogen hatte! Blitzartig fiel mir ein schmerzlicher Fehlschlag nach dem anderen ein, bis die gütige Stimme der Schwester an mein Ohr drang: »Und nun, lieber Vater im Himmel, sei Mgulu und dem Buana recht, recht nahe. Amen.«

Ich fing mit meiner langen Nadel genau nach dem zurechtgelegten Plan an. Ruhig ergriff ich Skalpell und Arterienzange und schnitt.

»Tut's weh, mein Junge?«

Mit fest aufeinandergebissenen Zähnen schüttelte er kaum merklich den kleinen schwarzen Kopf. Eine Drüse nach der anderen wurde freigelegt und entfernt. Einige lagen nur um Haaresbreite von der Hauptschlagader, wichtigen Arterien und den Halsnerven entfernt. Ruhig wies ich Daudi darauf hin. Er nickte. Ich fühlte, wie der kleine Kerl bebte. Die Anstrengung war riesig groß für ihn, obgleich er praktisch keine Schmerzen hatte.

Ich gab Kefa ein Zeichen, und er spritzte dem Kleinen Morphium ins Bein.

»Mgulu«, sagte ich ruhig.

»Ja, Buana.«

»Jetzt ist alles überstanden, bis auf das Nähen.

Davon fühlst du vielleicht ein paar kleine Stiche, aber mehr auch nicht.«

Ein langer Seufzer entrang sich seinen Lippen: »Darf ich sprechen, Buana?«

»Ja«, sagte ich, als Daudi energisch einen Sisalfaden abschnitt, der die erste Wunde schloss.

»Buana, jetzt weiß ich, was Glauben ist. James hat mir schon davon erzählt, aber als ich hier so dalag, während du arbeitetest, ist es mir ganz deutlich geworden.«

Ich fädelte die letzte Nadel ein. »Erzähl mir ruhig weiter davon, Mgulu.«

»Ja, Buana, ich wusste, dass du ein Arzt bist und operieren und den Leuten helfen kannst. Deshalb habe ich hier ganz ruhig gelegen, als du an meinem Hals schnittest. Ich weiß, dass du weggenommen hast, was mich krank macht. Das ist Glaube.«

Ich gab Kefa einen Wink, und er brachte einen großen Spiegel. Setschelela richtete Mgulu auf. Er öffnete die Augen, blinzelte etwas und betrachtete sich dann sorgfältig im Spiegel, wobei er seinen Kopf nach allen Seiten drehte. Plötzlich lächelte er.

»*Kumbe*, Buana. Endlich hab ich wieder einen vernünftigen Hals.«

Das Morphium fing an zu wirken. Als ich den Verband anlegte, gähnte er. Ich trug ihn in eine Decke gehüllt hinüber zur Station. Er schlief schon, bevor Setschelela ihn sanft zudeckte. Lauter kleine Gesichter schauten heimlich aus ihren Bettchen zu der schlafenden Gestalt herüber. Ich drohte ihnen mit dem Finger, und sie nickten. Daudi nahm mir den

Operationsmantel ab, und ich rekelte mich genießerisch. Wieder mal eine Operation geschafft
– und nun – nichts als 'ne Tasse Tee!

Das Leopardenfell
und Mgulus Onkel

»Er scheint tot zu sein, aber bei den Arabern weiß man nie, woran man ist.«

Daudi war entsetzlich aufgeregt. Er hatte mich vom Essen weggeholt und zeigte mit dem Kinn auf einen altersschwachen Lkw, der – mit einer Zeltplane bedeckt – vor dem Krankenhaustor stand.

Ich griff nach meinem Tropenhelm und begab mich in die glühende Mittagshitze. Kein Mensch war zu sehen. Alle hielten ihr Mittagsschläfchen mit Ausnahme der Krähen, die in der Luft herumspektakelten, und der Eidechsen, die träge auf der Mauer weiterliefen, als ich näher kam.

In dem Lkw fand ich einen jungen Araber vor, der bewusstlos auf einer Eingeborenen-Pritsche lag. Sein Vater erzählte mir in fließendem Suaheli die ganze Unglücksgeschichte, wie er hinten vom Lkw heruntergeschleudert worden war, als dieser leer auf der großen Kap-Kairo-Straße zurückfuhr. Behutsam hoben wir ihn vom Fahrzeug herunter und trugen ihn auf die Station. Der Vater war zutiefst erschüttert. Ich sah ihn im Schatten der Apotheke sitzen und aus einer kleinen Tasse schwarzen, ungesüßten Kaffee trinken. Dann verrichtete er seine Gebete, das Gesicht Mekka zugewandt.

»Fertig, Buana«, sagte James.

Ich wandte mich meinem Patienten zu. · Er hatte einen Knochen am Unterarm gebrochen und dazu das linke Wadenbein. Ich pfiff durch die Zähne.

»Das hätte aber sehr viel schlimmer werden können, Daudi.«

»Ja«, gab der afrikanische Gehilfe zu. »Sieh mal an, das Schienbein wird eine ganz nette Schiene für das Wadenbein abgeben.«

Ich nickte. »Na, und was ist mit dem Ellbogen los? Und«, wandte ich mich schnell auf Gogo an einen jungen Gehilfen, »wie heißen die Knochen am Unterarm?«

»Speiche und Elle«, sagte er lächelnd.

»Und am Bein?«

»Schienbein und Wadenbein, Buana.«

»Gut«, lobte ich ihn. »Gips her für den Arm, Daudi, dann kommt das Bein dran. Ich würde viel drum geben, wenn ich wüsste, ob er einen Schädelbruch hat.«

»Ich kenne ihn«, sagte Daudi, »der hat einen mächtig harten Schädel, Buana.«

»Das kann sein, Daudi, trotzdem würde ich ihn liebend gern röntgen. Aber hier draußen, wo die einzig verfügbare Elektrizität eine Taschenlampen- oder Autobatterie ist, wäre ja ein Röntgenapparat undenkbar. Wir werden ihn genauso behandeln, als hätte er einen angeknacksten Schädel. Hat er keinen, schadet's ihm nicht, und hat er einen, haben wir das Richtige getan. Leg ihn dort hinten in die Ecke, James, und stell einen Schirm davor.«

Ich schrieb eine ganze Reihe Vorsichtsmaßregeln in das Krankenbuch. James nickte.

»Ja, Buana, das geht alles in Ordnung.«

Draußen ging ich zu dem Vater und berichtete ihm über die Art der Verletzungen. Er schüttelte kummervoll den Kopf.

»Buana«, sagte er, »wenn mein Sohn gesund wird, schenke ich dir ein Leopardenfell.«

Ich versicherte ihm, dass wir alles tun würden, was in unseren Kräften stünde, und erlaubte ihm, in seinem Lkw im Schatten eines großen Affenbrotbaums, der neben dem Krankenhaustor stand, zu übernachten.

Daudis Bemerkung über den harten Schädel unseres Patienten erwies sich als richtig. Es stellte sich heraus, dass er kopfüber aus dem Wagen gestürzt war, was aber in den Augen des Vaters ein gutes Omen war. Anzeichen für einen Schädelbruch zeigten sich nicht, und nur sein dauerndes Knoblauchessen machte uns einigen Kummer.

Der Tag kam, an dem er heimreisen konnte. Der Vater erschien in meinem Büro und überreichte mir ein herrlich gezeichnetes Leopardenfell.

»Das ist mein Geschenk für das Krankenhaus, Buana. Ich bin wirklich sehr dankbar, dass meinem Sohn geholfen wurde und dass mir hier viele neue Erkenntnisse kamen. Glaube mir, Buana, ich habe die Missionsgesellschaft im großen Krankenhaus in Kairo arbeiten sehen, auch im Sudan und in Uganda, wo so vielen meiner Landsleute geholfen wird. Nun finde ich hier in Tansania, 3000 Meilen entfernt von Kairo, wieder in einem ihrer Krankenhäuser die gleiche Hilfe!«

»So ist's, Abdul, und ganz gleich, ob ihr Afrikaner, Araber oder Inder seid – immer werden wir versuchen, eure körperlichen Leiden zu heilen, und euch von dem

Einen erzählen, der gesagt hat: ›Und ich, wenn ich erhöht werde von der Erde, so will ich sie alle zu mir ziehen.‹«

Ich sah den Lkw in einer Staubwolke verschwinden und ging ins Büro zurück, wo Daudi das Leopardenfell einer genauen Betrachtung unterzog. Daudi hatte großartig gearbeitet. Tag für Tag hatte er sich außergewöhnlich ins Zeug gelegt, und ich hatte plötzlich den Wunsch, ihm ein kleines Geschenk zu machen als Beihilfe zum Bau seines neuen Hauses.

»Was ist das Fell wert, Daudi?«

»Ungefähr 200 Schilling, Buana, vielleicht auch mehr, aber sei vorsichtig beim Verkauf. Die Händler werden versuchen, dich übers Ohr zu hauen.«

»Pass mal auf, Daudi. Morgen fahre ich nach Dodoma. Du kannst mitkommen und das Fell verkaufen. Ich will nicht mehr als 20 Schilling dafür haben. Alles, was darüber ist, kannst du behalten und dir Material für dein neues Haus kaufen.«

Daudi freute sich. »Ich danke dir, Buana. Das ist wirklich eine große Hilfe für mich.«

Da zupfte mich plötzlich jemand am Mantel. Es war Mgulu, in eine Decke gewickelt.

»Buana, du wirst doch nicht dein Versprechen vergessen?«

»Nein, mein Freund, ich habe dir einen Platz gesichert.«

Der kleine Kerl sauste glücklich los. Im Morgengrauen sah ich voller Vergnügen zu, wie Daudi ein komisches Paket und das Leopardenfell, vorschriftsmäßig zusammengerollt und mit einem Stück Dornbuschrinde zusammengesteckt, hinter sich verstaute. Mgulu zwängte sich zwischen Samson und Daudi, alle Gehilfen schoben uns den Hügel hinunter bis zur Straße, und dann ging's glücklich los.

Jetzt verstand ich, warum unser Araber-Patient ins Unglück gestürzt war – die Straße war eine Hindernisstrecke aus Schlaglöchern und Lehmbuckeln!

Zwei Meilen vor Dodoma hielt ich am Straßenrand. Hinter mir hörte ich das Geräusch von galoppierenden Hufen. Ich sah mich nach allen Seiten um und fuhr in den Schatten eines großen Kaktus. Als ich einen Afrikaner auf einem grauen Esel heranreiten sah, musste ich lachen. Er hockte wie ein Affe hinten auf dem Rücken des Tieres und klammerte sich mit den Beinen fest. Sofort erweckte das Bein, das ich sehen konnte, mein Interesse. Es war ganz deformiert, und die Muskeln am Schienbein waren verkümmert. Offensichtlich war es ein uralter Fall von Kinderlähmung. Er hielt an und grüßte mich sehr höflich auf Suaheli: »Guten Tag, Buana.«

Bevor ich antworten konnte, sprudelte Mgulu auf Gogo heraus: »Buana, das ist mein Onkel Jacobo, der Schnitzer.«

Ich lächelte über das eifrige kleine Gesicht und antwortete: »Guten Tag, Jacobo.«

Der Esel wurde unruhig, und Jacobo winkte uns und ritt weiter.

»Buana«, sagte der Kleine eindringlich, »mit meinem Hals bist du fertig geworden, dann kannst du doch bestimmt auch Beine in Ordnung bringen?«

»Höchstwahrscheinlich«, sagte ich. »Strecken kann

ich sie schon, aber ob sie wieder kräftig werden, ist eine andere Frage.«

Ich wandte mich an Daudi, der sein komisches Bündel ergriffen hatte und gerade hinter den Büschen am Straßenrand verschwand. »Kennst du noch mehr solcher Fälle, Daudi?«

»Buana, manchmal haben viele Kinder hier dieses Leiden. Nur wenige bleiben am Leben. Sie liegen schwerkrank zu Hause, werden von Moskitos oder Wespen gestochen und bekommen dann Malaria oder ein anderes Fieber. Viel zu schwach, um sich zu erholen, sterben sie dann.«

»Ich merke immer mehr, Daudi, wie gefährlich das Leben in Tansania ist, wenn man weitab von einem Krankenhaus lebt.«

»Ja«, sagte Daudi, »das ist wirklich wahr, wir leiden und leiden, und die Medizinmänner quälen die Leute mit ihren Zaubersprüchen, die alten Weiber machen grässliche Sachen mit den jungen Mädchen, und die Kinder sterben!«

»Aber deshalb sind wir ja hergekommen, Daudi. Vielen können wir helfen – und ich glaube, auch Jacobo.«

Ich sah Daudi noch hinter dem Hügel verschwinden, dann verließ ich mit dem Wagen die Hauptstraße. Wir fuhren durch ein ausgetrocknetes Flussbett, dann unter einer Gruppe von Mangobäumen hindurch und kamen schließlich an sauber gehaltenen Gärten vorbei, in denen Erdnüsse, Mais und Kürbisse wuchsen. Ich hielt vor Jonathans Haus an und ließ Mgulu aussteigen, der sofort aufgeregt von all seinen Erlebnissen berichtete. Samson und ich gingen in den Laden, wo Jacobo seine Werkstatt hatte. Er war zu Hause, hockte auf einem Tisch und holte gerade seine Schnitzmesser heraus. Mein Suaheli war nicht berühmt. Ich stotterte mühsam herum und hörte mitten im Satz auf.

Mit tiefer Stimme sagte Jacobo: »Buana, ich spreche Englisch, und weil ich ein Gogo bin, kannst du sprechen, was dir lieber ist – englisch oder Gogo – ich verstehe beides.«

Ich musste unwillkürlich lachen und sagte: »Dann erzähl mir mal von deinen Beinen, Jacobo.«

»Ich war noch sehr klein, Buana, als ich krank wurde. Mein Vater war Christ, aber damals gab's hier noch kein Krankenhaus, deshalb brachte er mich zum Medizinmann. Der gab mir eine Medizin zu trinken, von der ich so krank wurde, dass ich Angst hatte, ich würde sterben.«

»Wo warst du denn die ganze Zeit?«

»Ich lag auf einem Kalbsfell auf der Erde im Haus meines Vaters. Er tat für mich alles, was er konnte. Ich wurde in eine Decke gewickelt und bekam Haferschleim zu trinken. Langsam erholte ich mich, aber meine Beine blieben von da an schwach.«

Ich betrachtete seine verkümmerten Unterschenkel. Sie zeigten mir wieder deutlich, was für eine böse Geißel die Kinderlähmung hier noch ist. Sein ganzes Martyrium wurde mir klar – aber auch, wie heldenhaft er es trug. Neben dem Tisch standen zwei geschickt angefertigte Krücken, mit denen er sich bewegen konnte. Dahinter entdeckte ich einige ausgezeichnete Holzschnitzereien. Jacobo folgte meinem Blick und zeigte mir ein Paar Bücherstützen – auf dem einen Teil waren eine Giraffe und ein Strauß, auf dem anderen ein Löwe und ein Nashorn geschnitzt. Das hatte nun dieser Mann zustande gebracht, er hatte seine Schwäche dadurch überwunden, dass er sich mit aller Kraft auf sein Handwerk warf. An einem Schrank in der Ecke lehnten frisch gefirnisst einige fein geschnitzte Tafeln, bei denen einheimische Blumen und Ranken künstlerisch im Muster angeordnet waren. Aus seiner Tasche zog er eine winzige Schnitzerei von der Größe einer Kastanie. Sie stellte einen afrikanischen Soldaten dar, eine naturgetreue Wiedergabe dessen, was man täglich in den großen Übungslagern sehen konnte.

»Buana«, sagte Jacobo, »bring dies deinem kleinen Jungen mit. Es ist ein Askari.«

Ich dankte ihm und sagte dann:

»Kann ich nicht etwas für deine Beine tun?«

»Ich wünschte, du könntest es, Buana. Verkrüppelte Beine sind wirklich ein schweres Schicksal! Könntest du sie operieren?«

»Ja, das wäre zu machen. Kommt heute Abend mit uns im Wagen nach Mvumi.«

Später, als ich wartend im Laden des indischen Schuhmachers saß, sah ich Daudi draußen stehen. Er war vollkommen staubbedeckt, und wenn ich nicht Bescheid gewusst hätte, so hätte ich ihn für einen Eingeborenen aus dem tiefsten Busch gehalten. Anscheinend voller Staunen stand er vor einem aus Lehmziegeln gebauten Laden eines Inders und gaffte die vielen prächtigen Tücher, die Kästen voller

Schmuck, die Zwiebeln und die billigen Blechwaren an, aus denen das Warenlager bestand. Zwei aufgedonnerte junge indische Händler sahen sich vielsagend an, als sie das Leopardenfell bemerkten, das an einem Stock über Daudis Schulter baumelte und wie ein Drache hin und her wehte. Einer von ihnen kam heran, zeigte auf das Leopardenfell und sagte auf Suaheli: »Was soll's kosten?«

»*Nygh*«, grunzte Daudi und sah ihn unsicher an.

»Was soll's kosten?«, wiederholte der Inder.

Wieder nichts als »*nygh*« vonseiten Daudis.

Ich lachte in mich hinein, da ich wusste, dass er besser Suaheli sprach als sie.

Sie riefen einen alten Inder herbei, der den ortsüblichen Dialekt sprach.

Einer wandte sich mit folgenden Worten an ihn: »Frag ihn, wie viel er für das Leopardenfell haben will.«

Der Dolmetscher übersetzte, und Daudi kratzte sich den Kopf und starrte sie mit offenem Mund an.

»Biete ihm 30 Schilling«, sagte der erste. Das wurde prompt übersetzt.

Daudi schüttelte heftig den Kopf.

40 Schilling war das nächste Angebot. Wieder Kopfschütteln seitens Daudi. Die Inder dachten, ihr Dolmetscher wolle sie übers Ohr hauen, und da er kein Englisch konnte, dafür aber mehrere indische Dialekte, sprachen sie Englisch, um ihn zu überlisten.

Einer der jungen Händler wandte sich an den anderen und sagte:

»Besser, wir bieten 50 Schilling. Das Fell ist gut und

gern seine 140 wert, und wir möchten's doch so gern haben.«

Kaum waren die Worte seinem Munde entschlüpft, als der staubbedeckte, anscheinend ziemlich dumme Afrikaner breit grinsend in tadellosem Englisch sagte:

»Danke, meine Herren, wenn dieses Fell 140 Schilling wert ist, nehme ich an, dass Sie diese Summe auch dafür anlegen werden!«

Den bestürzten Ausdruck auf ihren Gesichtern fand ich höchst amüsant.

»So viel wollen wir nicht bezahlen«, sagte der eine.

»Nein?«, fragte Daudi. »Glaubt ihr nicht, dass sich alle Händler hier halb totlachen, wenn sie hören, wie euch ein armer Afrikaner aus dem Busch hereingelegt hat?«

»Kein Mensch wird auf euch hören«, sagte der größere von beiden.

»Nicht?«, meinte Daudi und sah zu mir in den Schuhladen hinüber.

Die Inder sahen meine Schadenfreude, zuckten resigniert die Schultern, ergriffen das Fell und verschwanden im Laden. Daudi folgte ihnen und kam bald zum Wagen zurück, wohlgefällig lächelnd zählte er sorgfältig ein dickes Bündel 5-Schilling-Noten.

Auf der Post erwartete mich eine dringende Nachricht, in der ich gebeten wurde, einen akuten Fall von Zahnschmerzen in Buigiri, 20 Meilen weit entfernt, zu behandeln. Ich richtete es so ein, dass Samson Jacobo und Mgulu auflas und nach Mvumi zurückfuhr, während Daudi und ich uns an unsere zahnärztliche Aufgabe in entgegengesetzter Richtung machten.

Simeoni nimmt
sein Schicksal auf sich

Nach jedem Zahnziehen spüre ich immer eine gewisse Erleichterung. Diesmal ging es anscheinend meinem Patienten auch so, denn zahnlos und zufrieden goss er mir eine halbe Stunde nach der Prozedur eine Tasse Tee ein und sagte dabei: »Schade, Doktor, dass meine Zahnschmerzen gerade mit dem Gewitter zusammentrafen. Jetzt nach dem Wolkenbruch können Sie mit dem Wagen ja unmöglich durch diese schwarzen Schlamm-Massen fahren.«

Ich nickte. »Na, dann müssen wir eben laufen. 20 Meilen sind zu schaffen. Wir werden bei Morgengrauen aufbrechen.«

Nach Daudis Meinung war dieser etwas schwer bestimmbare Zeitpunkt früh um 4 Uhr! Drei Stunden nach Sonnenaufgang durchquerten wir ein breites ausgetrocknetes Flussbett und setzten uns zu einer kurzen Rast in den Schatten einer Pinie.

»Noch acht Meilen«, murrte Daudi. Ich murrte auch. Zwölf Meilen eines beschwerlichen Fußmarsches oder – afrikanisch ausgedrückt – einer »Safari« lagen schon hinter uns. Beim gespenstischen Licht einer Sturmlaterne hatten wir uns zuerst einen verschlungenen Pfad entlanggebahnt, an beiden Seiten Dornbüsche, die unsere Kleider zerrissen und unheimliche Schatten warfen. Später waren wir in der Morgenkühle beim farbenprächtigen Aufgehen der Äquatorsonne gewandert. Jetzt in der gleißenden Hitze des Vormittags gingen wir über die offene Ebene an sanften Hügeln vorüber, wo sich regenbogenfarbene Eidechsen über die Felsen schlängelten. Wenn sie anhielten und zu uns herübersahen, konnten wir an ihrem Hals den schnellen Pulsschlag erkennen. Sonst war weit und breit kein Lebewesen zu sehen, nur manchmal tauchte zwischen den Felsen ein Kaninchen auf, dessen Fell sich kaum von dem Grau der Granitblöcke abhob und das bei unserem Anblick sofort Reißaus nahm. Wir hatten uns durch unglaublich zähen Schlamm geschleppt und waren dann über große Flächen ausgedörrter Erde, die vom Regen der vergangenen Nacht kaum berührt war, weitergewandert. Jetzt konnten wir aus acht Meilen Entfernung die weiß gedeckten Gebäude unseres mitten in Afrika gelegenen Krankenhauses sehen. Dicke schwarze Wolken zogen sich über den Hügeln zusammen und wurden von wilden Blitzen zerrissen. Donner grollte, und im gleichen Augenblick verschwanden die zackigen Umrisse der Hügel in einer sausenden roten Sandsturmwolke. Daudi schnupperte in der Luft.

»*Hongo!* Es gibt doch nichts Köstlicheres als den Geruch von Regen auf ausgetrockneter Erde.«

Ich hätte liebend gern beobachtet, wie der Sturm über die weite Ebene sauste, aber Daudi drängte.

»Wir müssen schnell weiter, Buana, sonst sind die Flussbetten vor Mvumi voller Wasser, und dann kann es Stunden dauern, ehe wir hinüberkommen.«

Wir schritten schnell aus, doch als wir wieder drei Meilen näher am Ziel waren, hörten wir brül-

lende Wasserfluten die jäh abfallenden Hügel herab-
stürzen und beim ersten Aufprall tonnenweise Erde
aufwühlen. Wir fingen an zu laufen, rasten durch ein
etwa hundert Meter breites Flussbett und beobachteten
dann vom anderen Ufer aus, wie die brodelnden Was-
sermassen mit rotem Lehm gesättigt die Hügel herab-
schossen. Die Strudel brausten an uns vorbei, und bald
verstanden wir unser eigenes Wort nicht mehr durch
den ohrenbetäubenden Lärm. Erst als wir etwa eine
Viertel-Meile gelaufen waren, sagte Daudi:

»Buana, wenn die Sturmfluten auch an den
Osthängen der Hügel heruntergekommen sind, werden wir in Schwierigkeiten kommen.«

»Ich glaube, das wird nicht der Fall sein, Daudi, das
meiste Wasser ist in einer halben Stunde abgeflossen,
und dann werden wir auf festem feuchtem Sand
weiterlaufen.«

Daudi lächelte: »Vielleicht, Buana.«

Wir waren inzwischen bei einer Gruppe von Affen-
brotbäumen angekommen, die aus der Entfernung
wie ein Eichenhain aussahen. Jetzt kurz vor dem
Regen erschienen ihre Blätter dunkelgrün. Als wir
unter einem der großen Bäume entlanggingen, sah
ich einen Afrikaner auf uns zulaufen und einen Brief
schwenken.

»Buana, er ist da!« Vor Aufregung vergaß er sogar
zu grüßen. Als er sein Versehen bemerkte, blieb er
stehen und sagte:

»Guten Tag, Buana.«

Ich antwortete: »Guten Tag, Lehrer! Gute Nachrichten von zu Hause?«

»Ausgezeichnete, Buana. Sieh nur mal meinen Brief an.«

Es war die Benachrichtigung, dass er sein letztes Lehrerexamen glänzend bestanden hatte. Hinzugefügt war das Angebot einer fabelhaften Stellung an einer der großen Staatsschulen. Er sollte sich innerhalb von fünf Tagen mit einem ärztlichen Zeugnis bei der Regierung melden.

»Das ist wirklich ganz großartig, Simeoni«, sagte ich. »Komm morgen zu uns rüber, dann werde ich dich im Krankenhaus gründlich untersuchen.«

Der Afrikaner strahlte.

»Ich danke dir, Buana, und wünsche dir eine gute Safari.«

Wir wanderten auf dem schmalen, verschlungenen Pfad weiter. Ich ging hinter Daudi. Er sang leise vor sich hin, aber ich verhielt mich still. Irgendetwas im Zusammenhang mit Simeoni beunruhigte mich. Mein ärztliches Gewissen war seltsam wach geworden, ich konnte nur nicht herausbekommen, wodurch. »Was ist es nur?«, überlegte ich. »Seine Augen? Nein.« Es war etwas mit seinem Gesicht los, aber ich bekam es nicht heraus. Ich nahm mir vor, am nächsten Morgen dieser eigentümlichen Vorahnung, die einen Arzt wie ein sechster Sinn überfällt, gründlich nachzugehen.

Daudi hielt an und deutete mit seinem Kinn nach vorn. »Da sitzen wir schon in der Patsche, Buana. Sieh dir das an!« Vor uns lagen drei schmale, aber tiefe Flussbetten. Normalerweise brauchte man nur die steilen Ufer hinunterzuklettern und drüben wieder hinaufzuklettern. Jetzt aber waren sie bis zum Rand mit trübem Wasser gefüllt, das sich mit ziemlicher Geschwindigkeit bewegte. Das erste Flussbett war ungefähr fünfzehn Fuß breit.

»Da kann ich rüberspringen, Daudi. Erst springe ich, und dann wirfst du mir all unsere Utensilien herüber.«

»Unmöglich«, sagte Daudi, »nie im Leben kannst du da rüberspringen.«

»Was?«, rief ich. »Schau mir nur zu. Wenn ich ins Wasser falle, Daudi, kannst du mich zum alten Eisen werfen.«

Ich zog Schuhe und Strümpfe aus, zog den Kinnriemen meines Tropenhelms fest und vergewisserte mich, dass die Böschung fest genug für mein Gewicht war. Dann kontrollierte ich die Anlaufstrecke und sammelte sorgfältig alle Dornen auf. Ich spannte alle meine Sehnen und lief mit höchster Kraft auf das Ufer zu in der einzigen Hoffnung, dass ich mit dem Sprungbein auf dem Fleck Lehm landen würde, den ich mir als Absprungbasis ausersehen hatte. Es klappte! Ich flog durch die Luft, erhaschte einen flüchtigen Blick vom Wasser unter mir und – bums – drüben war ich! Kläglich suchte ich meine Gliedmaßen zusammen, an den Fußsohlen hatte ich ein Gefühl, als hätte man mit einem Hammer daraufgeschlagen.

Daudi jammerte vom jenseitigen Ufer: »Das kann ich aber nicht.«

»Klar«, ermunterte ich ihn, »und ob du das kannst! Es ist gar nicht weit zum Springen. Zuerst wirf mir mal die Schuhe, den Fotoapparat, die Wasserflasche und die Bücher herüber.«

Ich fing alles auf und sah dann zu, wie er sich

auf seinen Sprung vorbereitete. Ich wusste, dass er schwimmen konnte, hielt es aber doch für besser, mit dem Anziehen meiner Strümpfe noch ein oder zwei Minuten zu warten, um zu sehen, ob er sicher landen würde oder ich ihn herausziehen müsste. Ich hatte recht gehabt. Daudi sauste zwar mit D-Zug-Geschwindigkeit auf das Ufer zu, aber zwei Meter davor wurde er anderen Sinnes – leider zu spät. Keuchend gab er sich einen Schwung und landete einen halben Meter zu kurz. Mit den Händen klammerte er sich am Ufer fest, aber sein Körper wurde von der Strömung flussabwärts gerissen. Ich erwischte seine Hand, und es gelang mir, ihn in Sicherheit zu bringen. Er war wirklich eine Witzfigur, wie er so schmutzig und triefend vor mir stand.

»*Kah*«, prustete er, »ich bin doch kein Vogel.«

»Deinem Aussehen nach viel eher ein Fisch, Daudi. Los, los, wir haben noch mehr Flüsse vor uns!«

In den beiden nächsten Flüssen war das Wasser inzwischen schon nicht mehr so tief. Wir wateten durch, und Daudi passierte auch weiter nichts, aber ich Unglücksrabe verlor im letzten Fluss nur einen Meter vor dem gegenüberliegenden Ufer den Halt, und das hatte traurige Folgen. Prustend kam ich hoch. Mein Tropenhelm schwamm fröhlich stromabwärts, und ich machte eine äußerst komische Figur mit den angeklatschten und vom lehmigen Wasser rot-gelb gefärbten Sachen. Wir bildeten ein trauriges Gespann.

Zuerst war meine Frau ziemlich entsetzt, dann lachte sie und hörte überhaupt nicht wieder auf zu lachen – mir erschien das fast zu viel. Indessen stellte ein Brausebad unter der altersschwachen Brause mein Wohlbefinden wieder her, und ich ließ mich zu einem herzhaften Mahl nieder. Dabei erzählte ich meiner Frau von unserer Safari und später auch von Simeoni. Während ich sprach, kam mir eine entsetzliche Erkenntnis. Seine Ohren waren es! Und sie hatten ein ganz eigenartiges Aussehen. Ein kalter Schauer lief mir über den Rücken.

Simeoni erschien pünktlich in der kleinen Hütte aus Lehmziegeln, die mir als Untersuchungsraum diente. Ich prüfte ihn auf Herz und Nieren – er war gesund wie ein Fisch. Nirgends ein Anzeichen von Krankheit. Daudi machte eine Blutprobe. Als er das Tablett mit all seinen Utensilien ergriff, winkte ich ihn zu mir heran.

»Daudi, gib mir ein Glasplättchen und einen Hautschaber. Ich will die Haut in seinen Ohren untersuchen.«

Daudi riss entsetzt die Augen auf. Er wusste, was das bedeutete.

Simeoni redete begeistert von der Zukunft. Ich hörte ihm zu, als er erzählte, wie sehr er hoffe, Gott in der großen Schule, in der den jungen Afrikanern so eine erstklassige Erziehung geboten wurde, dienen zu können.

»Buana«, sagte er, »heutzutage, wo die jungen Leute ihre Stammessitten vergessen, genügt es nicht, ihnen eine allgemeine Schulbildung zu geben. Die Hauptsache ist, dass wir ihnen Gott nahebringen. Ich habe Jesus gebeten, dass er die Führung in meinem Leben übernimmt, deshalb wird er mich auch leiten.«

»Aber, wenn er dich nun schwere Wege führt, Simeoni, was dann?«

Er lächelte: »Ich folge ihm.«

Mir war ganz elend zumute, denn wahrscheinlich würde ich ihm innerhalb der nächsten halben Stunde eine Information geben müssen, die sein Leben grundlegend ändern würde. Daudi kam mit dem Glasplättchen, ich schabte ein Stückchen Haut aus dem Ohr heraus und legte es auf das Plättchen, dann bat ich Daudi: »Nimm eine Ziehl-Neelsen-Färbung vor und ruf mich, bevor du's ansiehst.«

Simeoni stutzte. »Das ist ja eine ganz außergewöhnliche Untersuchung, Buana. Ist irgendetwas nicht in Ordnung, Buana?«

»Ich weiß es nicht, aber ich möchte ganz sichergehen.«

»Aber weshalb machst du diese Untersuchung, Buana? Die Blutuntersuchungen, die ich bis jetzt sah, waren ganz anders. Es ist doch nicht …? Es wird doch nicht etwa …?«

»Ja, Simeoni, wir müssen der Tatsache ins Auge sehen. Es besteht Lepraverdacht.«

»Bist du davon überzeugt?«

»Endgültig kann uns nur das Mikroskop darüber Aufschluss geben, Simeoni.«

Ich zog ein kleines zerlesenes Neues Testament aus der Tasche und las ihm einen Vers aus Römer 8 vor: »›Wir wissen aber, dass denen, die Gott lieben, alle Dinge zum Besten dienen, denen, die nach dem Vorsatz berufen sind.‹ Mein Freund, was auch immer die Untersuchung ergeben mag: Gott der Allmächtige, dein Vater und mein Vater, weiß es und hat seine Pläne darauf eingestellt.«

Simeoni nickte, und als wir zum Gebet niederknieten, legten wir beide still unser Leben in Gottes Hand.

Plötzlich betete der afrikanische Lehrer mit ruhiger, beherrschter Stimme:

»Dein Wille geschehe, Herr Jesus. Gib mir Kraft und Mut, Deinen Befehlen zu gehorchen.«

Dieses Ringen um Gehorsam! Ich konnte nur ahnen, was in seinem Herzen vorging. Von seiner knienden Gestalt sah ich zu Daudi im nächsten Raum hinüber, der eifrig damit beschäftigt war, das schicksalsschwere Stückchen Glas zu erhitzen und zu färben. Er sah von unserem alten Wecker zu dem jetzt purpurfarbenen Glas, dann wusch und trocknete er es vorsichtig.

Simeoni raffte sich auf, als Daudi ans Fenster klopfte. Wir gingen zusammen ins Labor. Ich nahm das Glasplättchen, tat einen Tropfen Zedernholzöl darauf und stellte das Mikroskop ein. Simeonis Silhouette hob sich scharf gegen das helle Fenster ab. Unter dem auf äußerste Schärfe eingestellten Instrument zeigten sich eine Anzahl roter Pünktchen, die Hautzellen. Voller Hoffnung verschob ich langsam das Plättchen, ich suchte ungefähr eine halbe Minute, nichts Ungewöhnliches zeigte sich. Es herrschte äußerste Spannung. Simeoni atmete hörbar.

»Bis jetzt nichts!«, stieß ich hervor, das Auge fest auf den Sucher gerichtet. Kaum waren die Worte meinem Mund entschlüpft, zeigte sich eine Gruppe winziger roter Stäbchen. Mir setzte das Herz aus. In der vagen Hoffnung, mich geirrt zu haben, veränderte ich die Einstellung immer wieder. Vergeblich. Es war und blieb Lepra – ohne jeden Zweifel.

Ich stand auf, und Daudi sah mich scheu an. Er stieß einen tiefen Seufzer aus. Dem afrikanischen Lehrer brauchten wir nichts zu erklären.

Er sagte vollkommen ruhig:

»Schon gut, Buana, sorg dich nicht. Nun habe ich eine wunderbare Gelegenheit, meinem Gott in unseren Lepra-Krankenhäusern zu dienen. Wahrlich, diese Wendung kann nur Gottes Weisheit entsprungen sein.«

Ein Kloß saß mir im Hals, und ich traute meiner Stimme nicht.

»Komm mit zu mir, Simeoni«, bat Daudi. »Das Essen ist fertig, später können wir alles durchsprechen.«

Simeoni ergriff meine ausgestreckte Hand, aber mir fiel kein passendes Wort ein.

In tiefen Gedanken ging ich zur Kinderstation hinüber. Es ist qualvoll, einem Mann sagen zu müssen, dass er leprakrank ist, wenn man völlig hilflos danebensteht und mitansehen muss, wie alle seine Hoffnungen und Wünsche zerschlagen werden.

Die alte Setschelela, die gerade aus der Apothekentür trat, riss mich aus meiner trüben Stimmung. Als sie mich sah, sagte sie voller Abscheu:

»*Kah*, Buana, komm mit und sieh dir nur mal das an!«

Ich ging mit ihr auf die Station. Sie zog das Laken aus billigem Kattun von einem kleinen Jungen weg, der gerade anfing, sich von einem schweren Malaria-Anfall zu erholen. Seine schmale Brust war mit Pusteln bedeckt – ganz offensichtlich Windpocken.

»*Nhete*, Setschelela«, stellte ich fest, »ach, wie ich diese ansteckenden Krankheiten hasse!«

Als ich mich zu den Kindern umdrehte, fragte ich: »Wer hat schon mal *nhete* gehabt?«

»Ich, Buana«, sagte Lutu und hob ihre gesunde Hand. »Oh, und wie hab ich gekratzt!«

»*Kah*«, ließ sich Schandala vernehmen, »es juckte, aber gekratzt habe ich nicht!«

»Ich glaub dir kein Wort«, sagte unsere neueste Errungenschaft, ein kleines Mädchen mit einem Geschwür am Auge. »Sogar mit meinem einen gesunden Auge kann ich die Stellen an deiner Nase erkennen, wo du gekratzt hast.«

Sie wollten sich gerade in die Haare kriegen, als ich mich einschaltete:

»Hast du Windpocken gehabt, Mgulu?«

»Nein, Buana.«

»Dann bist du der Einzige auf der Station, der sie nicht gehabt hat.«

Aus dem Bettchen hinter der geöffneten Tür ertönte noch eine Stimme: »Ich hab sie auch noch nicht gehabt, Buana.«

Ich ging an das Bettchen. »Hallo, wer bist du denn?«

»Guten Tag, Buana, ich bin Kitu« (wörtlich: ein Ding).

»Wo bist du denn zu Hause, mein Kerlchen?«

»In Kintinku.« Er sprach in den höchsten Tönen, um zu zeigen, dass es sehr weit weg sei.

»Dieses Dorf ist zwei Tagereisen weit entfernt – 50 Meilen«, flüsterte die alte Setschelela.

Mein kleiner Patient schnappte nach dieser anstrengenden Unterhaltung in seinem Bettchen nach Luft. Ich brauchte nur meine Hand auf sein Herz zu legen, um die ganze tragische Geschichte von rheumatischem Fieber in einer Lehmhütte vor mir zu sehen: die ekelhafte Eingeborenen-Medizin, tagsüber die Insektenschwärme in dem verräucherten, stickigen Halbdunkel der schmierigen Behausung und nachts draußen die Rinder, die unruhig in ihrem Gehege stampfen, wenn ein Löwe im Busch brüllt oder eine Hyäne jämmerlich heult. Die Moskitos können mit der dünnen Decke in Schach gehalten werden, aber für die zahllosen Zecken und Läuse ist so ein Zehnjähriger, der auf einem schmuddeligen Kalbsfell liegt, ein ideales Tätigkeitsfeld.

Er musste wochenlang halb im Delirium gelegen haben, mit Schmerzen in der Brust, die bis in die Schläfen reichten. Entweder dämmerte er dahin, oder er fuhr entsetzt in die Höhe, voller Angst, dass unsichtbare Tatzen nach ihm griffen. Dann rang er nach Atem, und Schüttelfröste warfen ihn auf sein Lager zurück, wo er sich wieder notdürftig mit dem viel zu dünnen Laken bedeckte. Die Schmerzen zogen von einem Gelenk zum anderen. Er fühlte körperlich den Zauber, den in seiner Einbildung jemand über ihn verhängt hatte! Er fühlte sich, als ob jemand seine Gelenke verdrehen würde! Er lag mit aufgerissenen Augen und offenem Mund da und träumte schauerliche Sachen!

Es war wieder die alte traurige Geschichte – ein hoffnungslos herzkrankes afrikanisches Kind. Ich fühlte seinen Puls. Er war verheerend unregelmäßig, aber der Atem ging etwas leichter.

»Bist du diesen weiten Weg gelaufen, Kitu?«

»Nein, Buana, ich bin auf einem Esel geritten. Mein Großvater brachte mich her. Er war es nämlich, der voriges Jahr blind hierherkam. Er sagte mir, du würdest mir helfen, Buana – ach, ich bin ja soo müde!«

»Unsere Medizin hier hilft gegen Müdigkeit und auch gegen Gelenkschmerzen, und Mgulu wird dir vorlesen und Geschichten erzählen. Er kann es ausgezeichnet.«

Kitu zupfte mich am Arm.

»Buana, manchmal sind meine Träume entsetzlich. Dann wache ich schreiend auf, und alle sind böse mit mir.«

»Mach dir keine Sorgen, hier ist nie jemand böse mit dir. Du musst uns nur sagen, wo es dir wehtut, und dann versuchen wir alles, um dir zu helfen.«

Am anderen Ende der Station war Mgulu aufgelöst in Tränen.

»Buana, ich möchte nicht von Schandala und Lutu fort.«

»Ich weiß, alter Junge, aber hör mal zu« – hier senkte ich meine Stimme zu einem Flüstern – »Kitu wird nie wieder gesund werden, und ich möchte so gern, dass du ihm hilfst, den Herrn Jesus kennenzulernen. Das ist eine Aufgabe, die du besser als jeder andere erfüllen kannst. Kann ich mit dir rechnen?«

Zwei ernste braune Augen blickten mich an.

»Ja, Buana.«

Kampf gegen Geschwüre und Gespenster

Klappernd fielen einige Instrumente hinunter. Ich sah auf. Daudi kroch auf der Erde herum und sammelte Arterienzangen auf, die in alle Ecken gepoltert waren. Als sich unsere Blicke trafen, lächelte er:

»Ich versuchte, eine Liste englischer Adjektive zu lernen und gleichzeitig die Instrumente zu putzen.«

Daher war ich nicht sonderlich überrascht, als er eines Morgens erschien und in seinem besten Englisch sagte:

»Der Schnitzmeister Jacobo ist auf seinem Esel angekommen und hat ein Kind mitgebracht – spindeldürr, verkommen, abgezehrt, halb verhungert, nichts als Haut und Knochen!«

Ich lachte.

»Sachte, sachte, Daudi, so schlimm kann's ja kaum sein!«

»Doch, Buana, es ist unwahrscheinlich dünn.« Auf unserem Weg ins Krankenhaus zu diesem ungewöhnlichen Fall trafen wir Jacobo, der sich mühsam auf seinen Krücken bewegte. Er grüßte mich.

Wir unterhielten uns einen Augenblick und gingen dann in die Männerabteilung. Der neue Patient saß teilnahmslos im Schatten eines Granatapfelbaums, umgeben von einer Schar Verwandter. Er sah fast noch schlimmer aus, als nach Daudis Beschreibung zu vermuten war, wirklich wie ein wandelndes Skelett. Seine Gliedmaßen bestanden nur aus Haut, die straff über die Knochen gespannt war, und seine Augen leuchteten aus tiefen Höhlen.

Ich begrüßte den Vater und fragte:

»Wie lange ist er schon krank?«

Mit großer Geste antwortete der alte Mann:

»Wahrlich, Buana, gestern war er noch gesund und dick und rund. Dann ging er zu Bett und *kumbe* – in diesem Zustand wachte er wieder auf.«

Ich lächelte ungläubig. »Vielleicht fing es schon vor einem Monat an«, schätzte ich.

»Kann schon sein, Buana«, stimmte er würdevoll zu.

Alle meine Gehilfen drückten ihren Abscheu mit dem einen Wort »*kah*« aus.

Ermutigt ging ich noch weiter: »Etwa schon vor einem Jahr?«

Wieder lächelte und nickte er. Nach einigem Hin- und Herraten ergab es sich, dass sich vor achtzehn Monaten hinter seinen Vorderzähnen eine Geschwulst von der Größe eines Kirschsteins gezeigt hatte. Der Medizinmann wurde geholt und bearbeitete sie mit einem glühenden Stab. Als Folge davon war die Geschwulst nach einigen Monaten so groß wie ein Taubenei. Der unglückliche Junge hatte dann buchstäblich literweise Eingeborenenmedizin geschluckt, ein Gebräu aus Gräsern, Ziegenfett und anderen widerlichen und unaussprechlichen Bestandteilen – ohne irgendeinen Erfolg.

Ich wandte mich dem Jungen zu und fragte:

»Schmeckt eure Gogo-Medizin gut?«

Er hob seine spindeldürren Arme und zeigte auf seine Lippen. Ein Blick in seinen Mund erklärte sein Schweigen zur Genüge.

Ich versuchte eine vorsichtige Untersuchung. Der Hals war in Ordnung, aber der Mund war fast vollständig von einem scheußlichen Gewächs ausgefüllt, das ich beim bloßen Ansehen nicht bestimmen konnte. Unter seinem Kinn waren tiefe Kratznarben, die von weiteren nutzlosen Bemühungen des Medizinmanns zeugten.

Daudi beäugte seinen Mund. »Was mag es nur sein, Buana?«

»Es ist irgendein krebsartiges Geschwür. Aber was auch immer es ist: Bevor wir überhaupt an Operieren denken können, müssen wir ihn etwas aufpäppeln.«

Nur der Vollständigkeit halber untersuchten wir sein Blut. Das Ergebnis zeigte, dass er das reinste Museum für verschiedene Tropenfieber war und eine fortgeschrittene Anämie hatte.

James, der sich selbst als »Stationsschwester« bezeichnete, begleitete den Jungen auf die Station. Als ich hinkam, um das Weitere anzuordnen, wurde er gerade gewaschen. Er war halb verrückt vor Angst. Samson, der die Untersuchungsinstrumente für mich ordnete, flüsterte mir zu: »Buana, den haben sie zum Sterben hergeschickt. Die Krankheit war dem Medizinmann zu schwierig, da dachte er, wenn der Junge hier stirbt, könnte er uns die Schuld in die Schuhe schieben.« Ich nickte! Es war das alte Lied!

»Und dann, Buana«, fuhr Samson fort, »haben sie

ihm gesagt, du würdest ihm die Augen ausreißen und Medizin daraus machen und …«

Daudi unterbrach seinen Redefluss. »Aber was können wir machen? Er soll noch nicht mal die dünnste Haferschleimsuppe schlucken können, an dem Geschwür kommt nur noch Wasser vorbei in seinen Hals. Und – 'n anderen Weg in den Magen gibt's doch nicht.«

Ich lachte. »Was machst du, wenn du nicht durch die Tür reinkommst?«

»Dann geh ich durchs Fenster, Buana.«

»Genau das werde ich auch machen. Wo bleibt denn die Haferschleimsuppe?«

Daudi lief raus und kam gleich mit einem Topf dünner Haferschleimsuppe zurück.

Jacobo setzte sich im Bett auf und sagte auf Englisch:

»Er glaubt, dass es vergiftet ist, Buana.«

»Na, dann müssen wir ihm beweisen, dass das nicht der Fall ist. Willst du einen Löffel voll haben?«

Er nickte. »Das ist ein schlauer Gedanke, Buana.«

Ich wandte mich den anderen zu und fragte auf Gogo: »Wer möchte einen Löffel voll von unserem *wubuga* mit Zucker?«

»Ich«, schrie Mgulu.

»Ich auch«, kam es von Kitu.

Beide schlürften gerne ihre Portionen und baten um mehr.

Mit weit aufgerissenen Augen sah unser neuer Patient, der schon den Spitznamen »Mifupa« (Knochen) hatte, dem allen zu, aber er wehrte sich doch noch leidenschaftlich, als ich mit einem Tablett voller Instrumente zu ihm kam. Alle meine Versuche, ihn zu beruhigen, hatten den gegenteiligen Erfolg, so ließ ich erst mal die Haferflockensuppe für sich selbst sprechen.

Samson legte dem Jungen seine großen Hände freundlich, aber fest auf Kopf und Knie. Es war richtig erschütternd, seine Versuche freizukommen zu beobachten.

Ich ergriff einen langen Gummischlauch, der in Glycerin getaucht war, und führte ihn dem Jungen ins linke Nasenloch ein. Er verdrehte die Augen vor Entsetzen.

»Buana«, fragte Samson, »warum steckst du ihm den Schlauch in die Nase?«

Ich war viel zu beschäftigt, deshalb antwortete ich nur kurz: »Weil er in der Nase keine Zähne hat.« Alles amüsierte sich!

»Aber, Buana«, gab Daudi zu bedenken, »kommt ihm so nicht Suppe in die Lunge?«

»Wenn du am Schlauch horchst und hörst ein pfeifendes Geräusch, dann ist's in die Lunge gekommen. Haferflockensuppe in der Lunge ist nicht gerade das Richtige, also schnell herausgezogen und noch mal versucht, bis der Schlauch richtig sitzt.«

Alle grinsten.

»Siehst du«, stellte ich fest, »diesmal ist alles in Ordnung.« Ich zeigte auf ein Zeichen am Schlauch. »Er sitzt richtig – los, Samson, vorsichtig gießen.«

»Kah!«, rief Daudi. »Sieh an! Je mehr sich sein Magen füllt, desto weniger Angst hat er.«

Beim nächsten Füttern fürchtete der Junge sich kaum noch, und er fing an, in erstaunlicher Weise Fett anzusetzen. Dreimal am Tag floss die gleiche kräftige Portion durch den Schlauch in seinen Magen. Ich hatte eine lange Auseinandersetzung mit James, der es einfach für Verschwendung unserer geheiligten Vorräte hielt, in Haferflockensuppe, von der Mifupa nichts schmeckte, Zucker zu tun.

Eines Tages rief ich Daudi und James in den Operationssaal.

»Es geht Mifupa jetzt gut genug für die Operation, aber ich weiß nicht, wie sie verlaufen wird. Er hat nur fünfzig Prozent Aussicht durchzukommen, und der Gedanke, er könne sterben, ohne den Weg des Heils zu kennen, ist mir schrecklich.«

»Buana«, sagte James, »er kennt ihn. Ich habe ihm alles erklärt und ihm seine Krankheit als Ebenbild seiner Sünden hingestellt.«

»Dann wird morgen operiert!« Sorgfältig suchte ich Instrumente aus. Wir bereiteten alles für den Eingriff vor. Am nächsten Morgen war der Operationsraum schon vorbereitet, und unser Patient lag auf dem Tisch. Wir beteten wie immer, bevor ich mit der Betäubung anfing. Ich fühlte, wie der Junge nach meinen Händen griff. Er lächelte zu mir auf, als ich die Äthermaske ansetzte, und war in einer Minute eingeschlafen. Samson bediente unseren selbst gefertigten Betäubungsapparat weiter, während ich mir Kappe und Atemschutz anlegte, die Hände schrubbte, einen sterilen Kittel und Handschuhe anzog und an die Arbeit ging.

Der erste Teil war erstaunlich einfach. Die Entfernung der Geschwulst war nur eine Angelegenheit von zwei oder drei Minuten, doch sie saß mit einer Menge Venen und Arterien am Gaumen fest. Es blutete entsetzlich, und das Schlimmste war, dass ich nicht wie sonst Arterienklammern benutzen konnte. Ich konnte nur mit Druck auf der Wundstelle arbeiten und einen Tupfer, der zur Blutstillung mit einer besonderen Flüssigkeit getränkt war, fest darauf pressen. Ich rief Daudi und Samson und zeigte ihnen, wie es gemacht werden musste. Als wir ihn auf die Station zurückbrachten, presste ich meinen Daumen so fest ich konnte gegen seinen Gaumen, dann trat Daudi bis zur Dunkelheit an meine Stelle, anschließend kam Samson an die Reihe.

Um Mitternacht ging ich zur Ablösung ins Krankenhaus, setzte mich auf seine Bettkante und drückte den Tupfer fest an. Es war von größter Wichtigkeit, dass kein Tropfen Blut unnötig verlorenging. Eine Viertelstunde lang fiel es mir nicht schwer, aber dann bekam ich Rückenschmerzen und einen Krampf in den Fingern. Ich nahm die andere Hand und sah mich auf der weiß gestrichenen Station um. Alle Patienten schliefen fest, die Köpfe nach afrikanischer Sitte ganz unter die Decke gesteckt. Draußen heulte eine Hyäne – mir schien es, als säße sie unmittelbar unter dem Fenster. Seufzend strich der Nachtwind durch das Kornfeld, und auf dem Dach der Apotheke klapperte pausenlos ein loses Stück Wellblech. Das konnte der lahme Tischler in Ordnung bringen – schnell notierte ich es mir.

Der Wind brachte viele Meilen weit aus einem heidnischen Dorf das Schlagen einer Trommel mit. Es war ein unheilvoller und erregender Ton. Es lief mir kalt über den Rücken. Alle, die nicht daran glauben, dass der Teufel existiert, hätten ihre Meinung geändert, wenn sie mit mir zusammen in jener Nacht Afrika gesehen und erlebt hätten.

Ich sah von einer der schlafenden Gestalten zur anderen. Die Laterne warf unheimliche Schatten auf die weißen Wände. Endlich war Ruhe eingekehrt. Ich war wohl eingedöst. Plötzlich schreckte ich auf und war hellwach, als ein wilder Schrei die Stille zerriss. Ich sprang auf die Beine, stieß meinen Schemel um, der krachend auf einen Petroleumbehälter fiel, und sah Kitu kerzengerade in seinem Bett sitzen und mit weit aufgerissenen Augen nach Luft ringen. Seltsamerweise blieben fast alle auf der Station ungestört. Nach ein paar Minuten schlief er wieder ganz fest.

Ich beleuchtete den Tupfer in Mifupas Mund. Es nässte immer noch etwas. Er versuchte zu sprechen.

»Was gibt's, alter Knabe?«, fragte ich über ihn gebeugt.

Er drückte meine Hand, und obgleich mein Daumen noch in seinem Mund war, gelang es ihm zu flüstern:

»Danke, Buana – nun ist's raus!«

»Ja, mein Junge«, sagte ich, »und für immer. Versuch nicht zu sprechen. Du musst dich zwei Tage lang ganz still verhalten und noch drei Tage lang den Gummischlauch benutzen. Aber dann geht's mit dem Essen los.«

Wieder presste er meine Hand.

»Schmerzen?«, fragte ich. Er nickte.

»Müde?« Ein Kopfschütteln.

Mit einer Hand machte ich ihm eine Einspritzung, die ihn für einige Stunden von seinen quälenden Schmerzen befreite.

Auf der ganzen Station trat Ruhe ein. Wieder hörte ich die fernen Trommeln. Ihr Rhythmus wurde immer wilder. Ich dachte an das Leben dieses Jungen in dem entlegenen Dorf in seiner ganzen Aussichtslosigkeit, und während ich da bei ihm saß, erzählte ich ihm von dem einen Retter, den ich kannte. Ich erzählte ihm, wie Gottes Sohn auf die Erde kam, wie er unter uns Menschen lebte, wie er für unsere Sünden starb. Ich sprach vom Kreuz und den Stunden tiefster Dunkelheit, vom Grab und von der Auferstehung, und ich erzählte ihm, dass Jesus damals lebte und auch heute noch lebt. Ich war so mit dem Kleinen beschäftigt, dass ich nicht bemerkte, wie der alte Mann im Bett nebenan seine Decke zurückschlug und zuhörte.

Plötzlich sagte er: »Das sind große Worte, Buana, und ich verstehe nun vieles. Wahrlich, dieser Junge lag im Sterben, sein *ipu* machte ihm das Leben zur Qual. Außer dir konnte niemand den Tumor entfernen. Ist es nicht mit der Sünde ganz ähnlich?« Er deutete auf ein Glas mit Formalin unter dem Bett, in dem der Tumor lag. »Jetzt ist er raus, Buana, und kann ihm kein Leid mehr zufügen.«

»Du hast vollkommen recht: Nur Jesus allein kann Sünden fortoperieren, und wenn Er sie entfernt, dann wird das Leben erst lebenswert.«

»Buana«, sagte der Alte, »das wünsche ich mir! Morgen wollen wir weiter darüber sprechen.«

Um 4 Uhr erschien Daudi.

»Hallo Buana, was machen deine Daumen?«

»Sie kommen mir so dick wie 'n Klumpfuß vor, Daudi.«

Wir begutachteten die operierte Stelle, sie hatte sich beruhigt. Als ich sah, wie Daudi auf das Glas unter dem Bett blickte, lachte ich zufrieden.

»Ich kann mir nicht helfen, aber ich glaube, dass diese Operation noch manches Gute nach sich ziehen wird. Sie ist ein Beweis, über den niemand hinwegsehen kann.«

Der Apotheker nickte. »Und wir werden dafür sorgen, dass auch alle ihn richtig verstehen.«

Ich gab noch letzte Anweisungen für einen etwaigen Notfall, gähnte herzhaft und wanderte dann im strahlenden Mondschein nach Hause. Der große Affenbrotbaum warf gespenstische Schatten auf meinen Weg. Noch immer hörte ich die Trommeln, aber ich wusste, dass ich ihrem Ruf eine Antwort entgegensetzen konnte. Ich wusste, dass Jesus Christus, mein Erretter, der alleinige Herr ist, der diesem Volk aus der Angst seines Aberglaubens und seiner schrecklichen Stammesbräuche helfen kann. Ich öffnete die moskitosicheren Türen meines Hauses. Ein paar Minuten später war ich eingeschlafen.

Die Blutungen Mifupas hörten vorschriftsmäßig auf, und drei Tage lang lag der kleine Junge still im Bett und unterdrückte seinen Wunsch zu sprechen. Als ich am dritten Tag seinen Gaumen untersuchte, stellte ich fest, dass ihm nun das Essen und das Reden nicht mehr schaden würden. Seine Begeisterung war grenzenlos!

Er verschlang alles Essbare, das er erreichen konnte, und sprach redselig mit jedem über alles nur Erdenkliche – nur wenn Essen nahte, schwieg er. Man sah ihn förmlich dicker werden! Zehn Tage nach der Operation kam sein Vater zurück. Er kam auf die Station, als sein Sohn nicht da war.

»Wo ist mein Sohn«, war seine erste Frage.

»Konnte ein so krankes Kind denn wieder gesund werden?«, fragte ihn grinsend einer der Patienten.

Der Vater übersah das Grinsen und stimmte das Totengeheul an – Laute, die das Blut gerinnen lassen. Von allen Seiten kamen die Leute angerannt, um zu sehen, was passiert wäre, mitten unter ihnen der »tote« Sohn.

»Oh, mein Sohn«, jammerte der Vater.

»Guten Morgen, Vater!«, sagte der Sohn, als er dicht hinter ihm stand.

»*Yoh!*«, rief der Vater und fuhr herum. »*Kumbe!*« Er packte den Knaben an den Schultern, starrte auf seinen Mund, schüttelte vollkommen verwirrt den Kopf und brachte nichts als »*Kah!*« heraus.

Mgulu lief fort und kam nach einem Augenblick mit dem berühmten Glas zurück. Der kleine Junge hielt es hoch und rief: »Das ist Buanas Werk! Er hat's entfernt!« Der Vater starrte auf das scheußliche Ding. Er konnte kein Wort herausbekommen.

»Wie«, sagte Samson, »kann er denn jetzt, wo's raus ist, essen?«

»Und kann er wieder reden?«, fiel ich ein.

Mifupa lachte höchst entzückt. »Und wie!«, rief er.

Der Chef-Apotheker gesellte sich dazu. »Nicht

wahr«, sagte er, »jetzt merkst du, dass in unserem Krankenhaus Dinge geschehen, an die ein Medizin-mann nicht mal im Traum dächte!«

»Das ist einzig und allein Gottes Hand«, rühmte der Vater, als er endlich seine Sprache wiederfand.

»Du sprichst die Wahrheit«, antwortete ihm Daudi.

Am nächsten Tag erschien der Vater mit einem Bündel Kleinholz, zwei Hühnern, sechs selbst an-gefertigten Pfeilen und einer langen Schnur voller Cent-Stücke.

»Buana, dies sind meine Dankesgaben für dich, und womit kann ich Gott danken?«

»Da gibt's nur eins«, war meine Antwort, »du musst dich ihm selber schenken!«

Wird der Lahme wieder gehen?

Kefa kratzte sich am Kopf.

»Buana, das ist aber schwer zu verstehen.«

»Nein, im Gegenteil! Ganz leicht«, antwortete ich. »Lies es dir noch einmal durch.«

Er las Wort für Wort: »Gieße in den Trichter C so lange Wasser, bis die Glasröhre E zu drei Viertel gefüllt ist, öffne die Ausflussventile A und D und schließe die Einlassventile B und F.«

In komischer Verzweiflung verdrehte er die Augen.

»Diese Erklärung scheint dir wohl schwer, Kefa, aber schau mal her: Ich werde dir zeigen, wie man's macht.«

Vorsichtig führte ich ihm dreimal den Arbeitsgang unseres Drucksterilisators vor. Er war das einzige wirklich kostbare Stück in der Instrumentensammlung unseres Operationsraums und stach – chromglänzend, wie er war – direkt ins Auge.

Schließlich schien Kefa das Jonglieren mit den Hähnen und das Anlassen des Dampfes begriffen zu haben. Als ich ging, pumpte er kräftig an unserem großen Spirituskocher.

Im Operationsraum war alles für den Eingriff vorbereitet. Jacobo, der Holzschnitzer, lag, die Beine in sterile Tücher gewickelt, auf dem Operationstisch, während Daudi – vorschriftsmäßig mit Atemschutz,

Kittel und Gummihandschuhen – die Instrumente bediente. Benötigten wir Wasser, so wurde es mit einer Marmeladendose, die auf ein Stück Holz genagelt war, geschöpft. Als ich die Narkosemaske über Jacobos Gesicht legte, sank er unter der Einwirkung des Äthers sofort in ruhigen Schlaf. Ich übergab Samson den Apparat, und er hielt ihn in Gang. Gerade als meine Hände zum Schrubben im Waschbecken steckten, kam aus dem nächsten Zimmer ein gellender Schrei, ein pfeifender Zischlaut und anhaltendes Stöhnen folgten. Dampf strömte durch die Tür, und ich sah Kefa auf dem Boden liegen, die Hände vor dem Gesicht. Ich stürzte mich in den Dampf und öffnete die Ablassventile. Sofort hörte es auf zu dampfen. Kefa blinzelte durch seine Finger und krabbelte auf die Beine, als er sah, wie die Wolken sich verzogen.

»Wenn du dich verbrannt hast, Kefa, pinsele dich selbst mit Pikrinsäure ein«, ordnete ich an.

Er grinste ziemlich blöde. »Ich habe mich gar nicht verbrannt, Buana, aber maßlos erschrocken!«

»Jetzt ist alles in Ordnung. Lass es so, wie's ist, und ruf, wenn etwas Unvorhergesehenes eintritt!«

»Ja, Buana«, antwortete er.

Ich schrubbte meine Hände zu Ende, und bald war eine höchst komplizierte Operation im Gange. Es war keine leichte Arbeit mit den verkümmerten Muskeln und Sehnen und den steifen Gelenken. Von Zeit zu Zeit beugte sich Samson vor und wischte mir die Stirn ab, weil mir buchstäblich der Schweiß heruntertropfte.

Mittendrin gab es eine besondere Schwierigkeit.

Ich bekam die Sache nicht so hin, wie ich wollte, und betete leise. Ich mühte und mühte mich, und wirklich, es schien zu gelingen, nur – eine Minute lang durfte ich nichts verändern. Hastig ergriff ich das erforderliche Instrument, und die Aktion war fast beendet, als schon wieder das alarmierende Geräusch von ausströmendem Dampf aus dem Nebenraum ertönte und Kefa um Hilfe schrie. Das Bein schnellte in die falsche Stellung zurück. Wütend ergriff ich ein steriles Handtuch und sauste nach nebenan. Kefa, ganz in Dampf gehüllt, der geräuschvoll aus dem Sicherheitsventil strömte, hielt eisern aus.

»Was soll ich nur machen, Buana? Was soll ich nur machen? Diese widerliche Maschine!«

Er schnappte nach Luft.

Ich schüttelte mich vor Lachen. »Stell doch den Spirituskocher kleiner!«

Nach einer halben Minute war alles wieder in Ordnung, und ich kehrte zu meinem Patienten zurück. Nun gab es keine weitere Unterbrechung, und eine Stunde später machte ich den letzten Stich, zog meine Handschuhe aus und machte den Gipsverband zurecht.

»45 Stiche«, stellte Daudi fest.

»Allerhand!«, sagte ich, »und mindestens einhundert innerlich! War das eine Anstrengung! Ich will nur hoffen und beten, dass er später einigermaßen gut am Stock gehen kann. Danke, Samson, genug Äther. Er darf wieder zu sich kommen. Pass ja auf, dass er dabei seine Zunge nicht verschluckt.«

Ich legte den Gipsverband an und hielt die Beine fest, bis der Gips hart war, damit der Abschluss nicht scheuerte. Jacobo begann zu murmeln, und ein Stöhnen entrang sich seinen Lippen.

»Buana«, fragte Samson, »wird er große Schmerzen haben?«

»Qualvolle! Mach ihm eine Morphiumspritze, Daudi – ein viertel Gramm, und wenn's nötig ist, um Mitternacht noch mal ein sechstel Gramm.«

Während der ganzen Operation spürte ich weder Müdigkeit noch Gliederschmerzen, aber als ich den Trägern zusah, wie sie Jacobo auf die Station zurückbrachten, wurde mir beides deutlich bewusst, und nun brauchte ich Tee – tassenweise! Ich zog einen frischen Arztkittel an, warf mir das Stethoskop um den Hals, und voller Sehnsucht nach einem bequemen Liegestuhl öffnete ich die Tür. Dabei stieß ich auf einen riesigen Mann mit einem Stock in der Hand.

Ich grüßte ihn nach der vorgeschriebenen Sitte. Er erwiderte den Gruß und sagte dann ohne Umschweife:

»Buana, ein Kind mit einer unbrauchbaren rechten Hand ist zu nichts nütze. Es kann weder dreschen noch mahlen und ist nicht mal im Garten zu gebrauchen.«

Setschelela unterbrach ihn mit einer Gebärde.

»Dieser Mann ist der Vater der kleinen Lutu, Buana. Er weigert sich, sie mit nach Hause zu nehmen.«

»Aber«, gab ich ihm zu bedenken, »sie ist doch dein Kind. Wir haben ihr hier das Leben gerettet, und nun ist es deine Aufgabe …«

»*Kah*«, fuhr der Vater dazwischen und spuckte verächtlich aus, »es war ganz sinnlos, ihr Leben zu retten – sie hat doch überhaupt keinen Wert!«

Das kleine Mädchen klammerte sich an Setschelela und sah mich flehend an.

»Aber wenn ich ihr nun zu essen gebe und sie kleide, was dann?«

Der Vater zuckte die Achseln. »Wenn dir das Füttern Spaß macht – bitte schön – dann füttere sie!« Damit wandte er sich um und entschwand heimwärts!

Es erschütterte mich tief, als Lutu mir ihre kleine verstümmelte Hand entgegenstreckte. Ich ergriff sie mit beiden Händen und führte sie auf die Veranda, wo wir uns auf die Stufen setzten.

»Wenn es dir wieder richtig gut geht, sollst du auf unsere Mädchenschule von der ›Church Mission Society‹ gehen.«

Ihre Augen schwammen in Tränen, deshalb fuhr ich fort:

»Die Lehrerin da ist Dorisi, sie hat nur ein Bein, und Mwendwa hat nur einen Arm, die werden dir eine Menge beibringen, was du tun kannst.« Durch die Tür sah ich das Bild »Das Licht der Welt«, und ich zeigte darauf. »Glaubst du, Lutu, dass Jesus dein Leben für nutzlos hält?«

Sie schüttelte den Kopf und flüsterte:

»Seine Hände waren auch durchbohrt, Buana, Er wird mich verstehen.«

Setschelela trat zu uns, legte ihren Arm mütterlich um die kleine Gestalt und brachte sie in die Küche, und ich wusste schon im Voraus, dass dort sehr bald ein paar Erdnüsse oder ein Stück Zucker geheimnisvoll auftauchen würden.

In meinem Büro goss ich mir die zweite Tasse Tee ein, mir wurde langsam wohler, und ich las noch einmal das ärztliche Lehrbuch und verglich jede Phase von Jacobos Operation genau damit. Ich war so vertieft, dass ich beinah das halbkalte Getränk verschüttet hätte, als eine Stimme von der Tür her »Buana« rief.

»Was ist los, Daudi? Hat Kefa etwa wieder Schwierigkeiten mit dem Sterilisator?«

»Nein, Buana. Es handelt sich um Mgulu. Wir können ihn nicht finden, und er muss seine Nachmittags-Medizin haben.«

»Warst du schon in der Tischlerei? Er sieht Elisha so gern beim Arbeiten zu.«

»Da ist er nicht, Buana.«

»Vielleicht bei mir in der Küche? Er hat sich mit meinem Koch angefreundet.«

»Nein, Buana, da haben wir auch schon gesucht.«

»Na, vielleicht sieht er beim Fußball zu?«

»Nein, Buana.«

Es wurde fast bis 23 Uhr weiter nach ihm gesucht, da – endlich – brachte ihn ein Wasserträger mit. Er hatte Jagd auf Felsenkaninchen gemacht und war von der nach Sonnenuntergang blitzschnell hereinbrechenden Dunkelheit überrascht worden. Vollkommen erschöpft war er im Dunkeln in eine alte, verfallene Hütte gestolpert und eingeschlafen.

Ich war auf der Entbindungsstation, als er gebracht wurde. Setschelela flüsterte mir die Neuigkeit ins Ohr, als ich mit einem winzigen Etwas von Baby beschäftigt war, das kurz vorm Ersticken war.

Es war Mitternacht, als ich meine Hände abtrocknete und zusah, wie das Baby gewickelt und in eine Wiege gelegt wurde.

Ich ging dann auf die Männerstation, wo ich gerade ankam, als Jacobo seine Spritze bekam. Er hatte sich aufgesetzt und bat Kefa, das Luftkissen unter ihm zurechtzurücken. Das war nicht mehr und nicht weniger als ein alter Autoschlauch, der so geflickt war, dass sein weiterer Gebrauch zu gefährlich war. Aber er hielt noch die Luft und war so mit einer Binde befestigt, dass Jacobo frei schwebend liegen konnte.

Als ich mich über den Holzschnitzer beugte, um seinen Puls zu fühlen, hörte ich vom anderen Ende der Station ein Husten. »Der arme kleine Kitu hat einen elenden Husten, Kefa, und das Schlimmste ist, dass wir ihm kaum helfen können.«

Plötzlich hörte man es wieder husten – scheußlich hart kam es aus einem der Bettchen.

»Wer ist denn das, Kefa?«

»Mgulu, Buana. Er hatte schon Schüttelfrost, als er gebracht wurde, und nun hat er 40 Grad Fieber und diesen Husten.«

Ich seufzte bei der Vorstellung, was noch alles dazukommen könnte. Jacobos Puls aber war ruhig.

»Wie fühlst du dich, mein Alter?«, fragte ich.

»Komisch, wirklich ganz komisch, Buana. Ich kann mich gar nicht daran erinnern, dass meine Füße je so weit von meinem Kopf weg waren. Wie wird das wundervoll sein, gerade Beine zu haben!«

»Wie steht's mit den Schmerzen?«, wollte ich wissen.

»Was bedeutet schon das bisschen Schmerz, Buana! Mich beunruhigt nur, ob ich wohl richtig gehen kann?«

Diese Frage stellte auch ich mir täglich immer wieder, wenn ich ihn so geduldig im Bett sitzen und mit seinen verschiedenen Schnitzmessern hantieren sah. Manchmal betrachtete er ein rohes Stück Holz, wenn ich kam.

»Du musst es dir erst heute Abend ansehen, wenn es bearbeitet ist!«

Zuerst machte er einen Leoparden, dann eine Schildkröte, und an dem Tag, als ich ihm den Gipsverband abnahm, entstand ein schlau aussehendes Nashorn.

Als die harte Masse aus Gips und Gaze abgeschnitten war, sah ich mir das Ergebnis an.

Aufmerksam verfolgte Jacobo alle meine Bewegungen.

Ich ergriff das holzgeschnitzte Nashorn.

»Ist dir das gut gelungen, Jacobo?«

»Ich glaube schon, Buana, es ging mir so leicht von der Hand. Es ist schwer zu erklären, aber ich fühle, dass es hinhaut.«

»Siehst du«, antwortete ich, »genauso geht es mir mit deinen Beinen!«

Kitus letzte Safari

Mgulu und Kitu fühlten sich auf der Männerstation ganz wie zu Hause. Ein paar Schränke waren beiseitegerückt und ihre Betten unter das Fenster geschoben worden. Sie fanden das großartig, denn sie konnten sich nun mit jedem, der draußen vorbeiging, unterhalten.

Meistens lehnte sich Mgulu aus dem Fenster und berichtete Kitu alles, was er sehen konnte. Als ich eines Morgens Rezepte prüfte und Krankengeschichten schrieb, sah ich, wie Mgulu im Bett aufsprang, über das Kopfende kletterte und sich über das Fensterbrett beugte. Ich bekam nur seinen Anteil an der Unterhaltung mit. Das hörte sich etwa so an:

»Guten Morgen, Lehrer.«

»Ja, mir geht's schon besser.«

»Die Medizin? O ja. Sie schmeckt ziemlich scheußlich, aber sie nützt, und von dem Heil-Öl werde ich direkt fett.«

An diesem Punkt wurde die Unterhaltung unterbrochen, und seine Schlafanzug-Jacke, die weder in der Größe noch im Schnitt zu den Hosen passte, wurde eifrig aufgeknöpft, um die Wirkung der Medizin auf sein Bäuchlein vorzuführen.

Draußen hörte man Lachen. Mgulu fuhr fort:

»Kitu nimmt seine Medizin gern und hat nun keine Schmerzen mehr.«

»Wer Kitu ist? Aber das ist doch mein Kollege!

Er ist sehr krank. Seine Gelenke tun ihm weh. Seine Beine sind geschwollen, und er kann nur schwer Luft bekommen.«

Die Stimme von draußen war wieder zu hören, und ich schnappte das Wort »Essen« auf.

Mgulu klopfte sich genießerisch auf den Bauch. »*Yoh*«, antwortete er. »Die Haferbreiköche hier im Krankenhaus sind tadellos!«

»Na, dann bis später. Wir werden uns schon noch mal wiedersehen. Grüß alle bei dir zu Hause.«

»Mgulu!«, rief ich. Er kam von seinem Sitz herunter.

»Buana?«

»Komm, wir wollen dich wiegen.« Ruhig stellte er sich auf die Waage. Der Zeiger drehte sich bis auf fünfzig Pfund.

»Immer noch nicht genug. Iss mehr und schlaf mehr, und wenn du noch sieben Pfund zugenommen hast, geht's ab nach Hause.«

Dem kleinen Jungen zitterten die Lippen, und er kroch in sein Bettchen zurück. Kitu streckte ihm die Hand hin und tröstete ihn flüsternd.

Der kleine herzkranke Patient brauchte keinen Trost mehr. Er fühlte sich ganz leidlich und war frei von Schmerzen, aber seine Füße wurden immer dicker, und seine Lippen waren schrecklich blau. Eines Nachmittags kam ich spät auf die Station und nahm mir die Krankengeschichten vor. Eine Weile schrieb ich ganz ruhig, dann hörte ich wieder die Unterhaltung der Kinder.

»Mgulu, ist Gottes ›Buch des Lebens‹ dicker als das, was der Buana benutzt?«

»Ja, viel dicker. Viele tausend Namen stehen drin.«

»Deiner auch?«

»Ja.«

»Woher weißt du denn das?«

Mgulu lehnte sich an die Rückwand und machte sich's bequem.

»Als mein Hals geschwollen war, merkte ich, dass ich Kummer und Schmerzen hatte, da wandte ich mich an den, der mir helfen konnte. Er kannte den richtigen Weg und befreite mich von meinem Kummer.«

Er hob sein Kinn, und drei lange Narben kamen zum Vorschein. Kitu nickte.

»Also gut«, fuhr Mgulu fort. »Gottes Buch, die Bibel, die ich dir vorlese, sagt dir, was Sünde ist. Es ist einfach so: Du tust, was du selbst gern möchtest, und nicht das, was Gott will. Alle sind wir so, du und ich und jeder.«

Wieder nickte Kitu.

»Sünde ist wie ein kleines Samenkorn. Zuerst ist nur eins da, aber dann wächst es, und du hast viele, und die bringen dir den Tod, wenn dir nicht jemand hilft, der es wirklich kann. Jesus ist aber der einzige rechte Helfer. Hier ist das alles mit wenigen Worten erklärt.«

Leise raschelten die Seiten des Neuen Testaments, das in Gogo geschrieben war, und dann las Mgulu langsam den Vers vor, den ich ihm dick unterstrichen hatte:

»›So sehr hat Gott die Welt geliebt, dass er seinen einzigen Sohn gab‹ – das ist Jesus –, ›damit alle, die an ihn glauben, nicht verloren werden, sondern das ewige Leben haben.‹ Mit dem letzten Satz bist du und ich – überhaupt jeder Mensch – gemeint.«

Kitu nickte.

»Ich habe einfach Jesus gebeten, meine Sünden wegzunehmen. Ich glaubte, dass er das kann und auch tut und sein Versprechen hält. Daher weiß ich, dass mein Name in dem Buch Gottes steht.«

Ich stand auf und ging zu ihnen hinüber. »Ich habe Mgulu zugehört, und er hat recht. Jesus sagt: ›Den, der zu mir kommt, will ich nicht von mir weisen!‹ Ich ging zu ihm und bat ihn, meine Sünde fortzunehmen und mir das ewige Leben zu geben. Er hat mich erhört, und mein Name steht nun auch in seinem Buch.«

Das sterbende Kind sah zu mir auf und lächelte. »Ob er wohl meinen Namen auch hineinschreibt, Buana?«

»Deinen Namen und jedes Menschen Namen, der zu ihm kommt und ihm dafür dankt, dass er für ihn am Kreuz gestorben ist.«

Ich ging dann fort, um meine Runde durch das Krankenhaus zu machen. Am nächsten Nachmittag besuchte ich die beiden kleinen Jungen wieder. Mgulu flüsterte mir zu:

»Buana, ich glaube, dass es Kitu heute besser geht. Er ist so ruhig und zufrieden.«

Ich beugte mich zu ihm hinunter. Der Puls flatterte unruhig, aber das kleine, aufwärtsgewandte Gesicht war ruhig.

»Mein Name steht jetzt auch darin, Buana. Ich bin so glücklich und so müde.«

Ich rückte ihm die Kissen zurecht, und er strahlte mich an.

»Heute fühle ich mich leicht, genau wie ein Vogel!«

Um 22 Uhr ging ich wieder zu ihm. Er war hellwach und griff nach meiner Hand.

»Buana, ich fürchte mich ein bisschen im Dunkeln, bitte bleib doch etwas bei mir.«

»Du brauchst dich nicht zu fürchten, Kitu. Bald musst du deine letzte Safari antreten, und der Eine, der dich begleitet, ist das Licht der Welt. Als ich vorhin zum Krankenhaus ging, habe ich mich nicht gefürchtet, weil mir meine Lampe auf dem Weg leuchtete. Dein Weg führt dich auch durch das finstere Tal, aber die Bibel sagt, dass uns – das heißt denen von uns, die in dem Buch des Lebens stehen – auf diesem Weg nichts Böses begegnen wird, weil Er bei uns ist.«

Kitu nickte voller Verständnis.

»Vielleicht sehe ich ihn bei Sonnenaufgang, Buana.«

Sein kleines dunkles Gesicht war ganz ruhig, und nach ein paar Minuten war er eingeschlafen.

Auf Zehenspitzen schlich ich zu dem Gehilfen, der Nachtwache hatte, und flüsterte:

»Ruf mich beim zweiten Hahnenschrei, Kefa.«

Kurz vor Sonnenaufgang kam ich wieder auf die Station. Kitu war wach. Ich nahm seine Hand, und wir sahen zum Fenster hinaus nach Osten. Lange Zeit wurde kein Wort gesprochen, dann zeigte sich ein grauer Schimmer am Horizont – die Nacht war vorbei. Der kleine Junge versuchte sich aufzurichten. »Sieh nur, Buana, das Licht! Ganz sicher wird er im finsteren Tal bei mir sein. Ich fürchte mich nicht mehr.«

Er sank zurück, und ich fühlte, wie sein Puls aussetzte. Noch einmal umkrampfte er meine Hand, dann wurde er still, und ich wusste, dass er seine letzte Safari hinter sich hatte.

Kefa und ich trugen leise das Bett mit dem schlafenden Mgulu auf die Kinderstation hinüber, wo inzwischen die Windpocken überstanden waren. Als wir es auf seinen alten Platz setzten, schlug Mgulu die Augen auf und fragte sofort:

»Wo ist denn Kitu, Buana?«

»Er hat uns vor Kurzem verlassen und ist nun bei Jesus«, antwortete ich.

Mgulu schluckte krampfhaft, und nach ein paar Minuten sagte er heiser:

»Ich freue mich so, dass sein Name in Gottes Buch steht, Buana. Jetzt wird er glücklich sein und niemals mehr Schmerzen haben.«

Eine schwere Operation glückt mit Gottes Hilfe

»Samson, stopf altes Papier in diese Zuckersäcke, wir brauchen sie für die Kissenschlacht. Und vergiss nicht, den Balancierbaum mit Talg einzureiben.«

»Daudi, hol zwei Bottiche und füll sie zu einem Viertel voll Kleie. Frag mich nicht, woher – du musst eben sehen, wo du sie auftreibst.«

»Setschelela, ich brauche einen Petroleumbehälter voller Erdnüsse, und hol bitte eine Tasse Honig aus dem Vorratsraum.«

Ich stand im Schatten unseres Affenbrotbaums und erteilte Befehle am laufenden Band. Alle liefen hin und her. Am Tor standen kleine Jungen und beobachteten unsere Vorbereitungen mit aufgerissenen Augen. Die Schulmädchen errichteten eine Ehrenpforte über dem Weg. Alle waren fieberhaft mit den Vorbereitungen für das Dorfsportfest am Nachmittag beschäftigt.

Mgulu kam hinter einem Baumstamm zum Vorschein, aber bevor er sprechen konnte, bekam er einen Hustenanfall.

»Alter Freund, dieser Husten gefällt mir ganz und gar nicht. Das ist für dich 'ne dumme Sache!«

Sein Gesicht wurde lang und länger: »*Kah*, Buana, heute ist Sportfest, und sehr viele andere Kinder haben auch Husten.«

»Das stimmt schon, aber sie sind vorher nicht so krank gewesen wie du.«

Er ließ kläglich den Kopf hängen.

»Lutu geht auch hin, und Schandala möchte in der Schubkarre mit, und ich dachte …«

Seine Stimme brach.

Kefa tauchte auf, er brachte eine alte zerschnittene Wolldecke.

»Buana, ist dies für das Drei-Bein-Rennen zu gebrauchen? Für uns hat's kaum noch Wert – höchstens, um Scheuertücher daraus zu machen.«

Ich nickte, und er raste fort. Jemand zupfte mich am Hemdärmel.

»Buana«, flehte die beharrliche Kinderstimme, »darf ich nicht doch mit Schandala hingehen? Sie ist bestimmt sehr enttäuscht, wenn ich sie nicht mitnehme, und sie muss doch bald operiert werden.«

Ich konnte mich nicht recht entschließen. Natürlich war es ein Risiko, sogar ein sehr großes – aber Mgulu war ganz besonders artig gewesen, abgesehen von der Kaninchenjagd, und ich versuchte mir einzureden, dass eine Enttäuschung für Schandala recht gefährlich, also das größere Übel wäre.

Setschelela kam angelaufen. »Im Honig sind Ameisen, Buana!«

»Gut«, antwortete ich, »umso besser.«

Mgulu musste lachen und sagte atemlos:

»Ach, Buana, ich möchte zu gern zur Schatzjagd da sein! Majilanga kommt nämlich, und den möchte ich sehen, wenn er mit honigbeschmiertem Gesicht die Erdnüsse mit dem Mund aus dem Kleiebottich holt.«

»Na, dann lauf schon«, sagte ich. Er verschwand in Windeseile, um Schandala die Neuigkeiten zu melden. Als ich aber von Weitem seinen harten Husten hörte, bereute ich meinen Entschluss.

An diesem Nachmittag war was los! Die Wasserträger machten ein Wettrennen über 2000 Meter mit zwei randvollen Wasserbehältern. Die Menge schrie wild auf, als der an der Spitze Liegende ein bisschen verschüttete. Vier lagen dicht nebeneinander, als sie an der Schule vorbeikamen, und dann setzten sie zum Endspurt an – aber der alte einäugige Mhutila mit den Raffzähnen gewann um einen knappen Eimer. Die kleinen Jungen machten Wettrollen mit ihren *gharis*, kleinen, ungenießbaren Melonen, durch die ein Maisstängel gesteckt war, an dem sie ein Stück Kalbsfell mit einem Dorn befestigt hatten, damit es mehr Krach machte.

Die Kissenschlacht war mit der größte Spaß für die Zuschauer, und bei der Schatzjagd geriet die Menge einfach außer sich. Mgulu hatte einen glänzenden Platz für Schandala. Eifrig lehnte sie sich beim Zusehen aus der Schubkarre. Wir schüttelten uns vor Lachen, als die kleinen Jungen mit ihren klebrigen Gesichtern gespannt vor den Bottichen haltmachten. Ein Zeichen – und schon tauchten sie hinein. Beine strampelten in der Luft, Kleie flog überall herum, und halb erstickte kleine Jungen lösten sich aus dem Kuddelmuddel, hatten den ganzen Mund voller Erdnüsse und spuckten sie in ihre Büchsen.

Trotz all des Gelächters hörte ich Mgulus Husten, und mein »sechster Sinn« erwachte. Ich fühlte, dass etwas in der Luft lag. Neben mir tauchte Majilanga auf mit dick verklebtem Gesicht, aus dem die ernsten braunen Augen fast herauszufallen schienen.

»Ich bin Dritter geworden, Buana – 24 Erdnüsse hab ich erwischt.« Er bot mir ein paar davon an. Ich wandte einen Trick an, durch den sie mit hundertprozentiger Sicherheit zu ihm zurückkehrten.

Abends saß ich am Radio und hörte auf der Kurzwelle die Nachrichten vom BBC – unsere einzige Verbindung mit der übrigen Welt –, als Daudi draußen »*Hodi*« (»Darf ich hereinkommen?«) rief.

»Komm herein«, rief ich. Er reichte mir ein kleines Stück Papier, auf dem stand: »Mgulu, 20.30 Uhr: Temperatur 40,5, Puls 138, Atmung 20, Blutuntersuchung: bis jetzt kein Anzeichen für Malaria.«

»Hat er wirklich keine Malaria, Daudi?«

»Ich habe zwei Untersuchungen gemacht, Buana, und es hat sich nicht das Geringste gezeigt.«

Ich ergriff meine Bereitschaftstasche, und wir gingen zusammen auf die Kinderstation. Mgulu fantasierte, und seine Temperatur war auf 41 Grad geklettert. Sorgfältig untersuchte ich ihn. Er hustete nicht mehr. Mir war ganz elend zumute, als ich ihn abhorchte. Zu meinem größten Erstaunen atmete er ganz frei. Es war einfach nichts festzustellen, und sein Fantasieren gab uns keinen Hinweis, wie wir ihm helfen oder die Krankheitsursache ausfindig machen könnten. Plötzlich kam mir ein Gedanke. Ich erinnerte mich, zu Hause einmal einen ähnlichen Fall gesehen zu haben und wie ich sehr erstaunt war, als ein Spezialist sagte: »Sind die Ohren schon untersucht worden?«

»Gib mir den Ohrenspiegel« ordnete ich an, »und halte seinen Kopf fest.«

Als ich in das Ohr sah, war mir sofort alles klar – er hatte ein rotes, böse geschwollenes Trommelfell. Daudi sah es sich auch an. Dann gingen wir in den Operationsraum, um alles für den Eingriff vorzubereiten.

»Wenn ich doch nur das richtige Instrument für diese Sache hätte, Daudi. Von Rechts wegen müsste es gebogen sein, aber wenn ich diese Nadel in einen Korken stecke, muss es eben auch gehen. Bring alles für die Narkose, ich will Chloroform nehmen.«

Ich schaltete das Licht an meinem erleuchteten Ohreninstrument aus, die Operation war beendet.

»Es kann immer noch Komplikationen geben, Daudi:

1. wenn sich im oder um das Ohr herum Schmerzen einstellen,

2. wenn Schmerzen beim Berühren auftreten,

3. wenn sich Schwellungen zeigen und

4. wenn die Temperatur steigt.«

»Das müssen wir alles genau beachten, Buana.«

»Ja, Daudi, und ich hab so ein dummes Gefühl, als stünde uns noch allerlei bevor.«

Tatsächlich hatte ich mich nicht getäuscht. Die Temperatur stieg immer weiter. Ich hoffte glühend, bei den Blutuntersuchungen Malaria-Erreger zu finden – aber umsonst!

Stattdessen entdeckte ich Schwellungen hinter dem Ohr. Ich nahm Daudi beim Arm, und wir gingen nach draußen.

»Ich muss nun doch aufmeißeln, und zwar sofort. Vor diesem Eingriff habe ich mich schon immer gefürchtet.«

»Warum, Buana?«

»Man kommt um Haaresbreite an das Gehirn heran, und über dem Knochen, den wir aufmeißeln müssen, läuft genau in der Mitte eine sehr große Vene. Außerdem habe ich diese Operation noch nie gemacht!«

»Kann ich dir irgendwie helfen, Buana?«

»Rasier ihm die Kopfhaare so kurz du kannst, während dieser Zeit werde ich noch einmal genau über die Operation nachlesen.«

In der nächsten halben Stunde wälzte ich Bücher über Anatomie und Operationslehre. Dann stellte ich mir einen genauen Plan auf und machte eine Liste von allem, was wir brauchten. Daudi sah sie durch und machte hinter einer ganzen Reihe von Dingen ein Zeichen.

Obgleich ich seine Antwort im Voraus wusste, fragte ich:

»Was bedeuten denn diese Zeichen?«

»Diese Instrumente haben wir nicht«, sagte Daudi, »aber wir werden schon einen Ersatz dafür finden.«

So kam es, dass zwei Küchengabeln mit umgebogenen Zinken, der Holzhammer des Tischlers (vom Stiel hatten wir 12 Zentimeter abgesägt) und ein scharf gewinkeltes Schnitzmesser den Weg in den Sterilisator fanden. Während sie gründlich auskochten, sagte Daudi zu mir:

»Buana, ist es nicht wegen seiner eben überstandenen Tuberkulose gefährlich, Äther zu gebrauchen?«

Er wurde gerade in den Operationsraum getragen, und ich legte ihn mit auf den Tisch.

»Oh, Buana, das puckert aber!«, flüsterte er.

»Mach dir keine Sorgen, alter Freund. Bald schläfst du, und dann bringe ich alles in Ordnung.«

Bevor ich mit der Narkose begann, senkten sich alle Köpfe für einen Augenblick, und dann legte ich ihm die Maske über das Gesicht. Er atmete ein und aus und murmelte kaum hörbar:

»Ich gehe – gehe – gehe …«

Gleich darauf war er eingeschlafen. Samson goss vorsichtig Äther in die Flasche, setzte sich auf den Narkosestuhl, die Schläuche wurden befestigt, und er fing an zu pumpen. Die Fußballblase füllte sich, und unser 5-Schilling-Apparat arbeitete.

Drei Stunden später wandte ich mich zu Samson um. »Atmet er richtig?«

»Ja, Buana.«

»Dann bin ich beruhigt, Samson, aber als ich mit diesem Knochen anfing, und die Vene frei lag, und ich mir nicht sicher war, ob ich die genügende Tiefe erreicht hatte … *Ugh!*«

Ich versuchte, mich aufzurichten. Noch saß ich in der gebückten Haltung, die während der Operation nötig gewesen war, wie in einem Schraubstock fest. Daudi legte den letzten Verband an, und der Kleine wurde auf die Station zurückgetragen.

Auf den Operationstisch gestützt, schloss ich die Augen und dankte Gott für seine Hilfe bei diesem schweren Fall, der – ich muss es gestehen – weit über mein eigenes Vermögen gegangen war.

Hautübertragungen

Mit einem Ruck fuhr ich im Bett hoch. Das Leucht-
zifferblatt meiner Uhr zeigte 2 Uhr. Hinter dem Haus
heulte eine Hyäne. Ich erschauerte und verkroch mich
wieder unter die Decke. Ich hatte lebhaft und be-
ängstigend geträumt. Auf der Station war ich wieder
dabei gewesen, Mgulu zu untersuchen. Ganz klar hatte
sich dabei ein Symptom nach dem anderen gezeigt,
das auf eine Geschwulst am Gehirn hindeutete. Als ich
so wach lag, überlief es mich kalt bei dem Gedanken an
dieses chirurgische Schreckgespenst.

Am nächsten Morgen erzählte ich Daudi von meinen Träumen, aber als wir unseren Patienten dick verbunden, doch vergnügt und mit normaler Temperatur
vorfanden und erfuhren, dass er ein anständiges Früh-
stück verzehrt hatte, lachten wir erleichtert.

»An deinen Träumen waren bestimmt die Hyänen
schuld, Buana«, meinte Daudi beim Hinausgehen.

»Das kann schon sein, sie machen einen schauer-
lichen Lärm.«

Ein riesiger Afrikaner stand mit dem Rücken zu
uns am Apothekenfenster und unterhielt sich mit Samson. Er war mit einem dünnen, orangefarbenen Tuch
bekleidet, das am Gesäß stramm gezogen und dort mit
dem knallroten Zifferblatt einer Uhr aus Großmutters
Zeiten geschmückt war. An seinem linken Bein war ein
Geschwür von der Größe einer Untertasse mit einem
Stück von dem gleichen Tuch verbunden. Es war

sehr verständlich, dass Daudi die Nase rümpfte. Der Riese drehte sich zu meiner Begrüßung um, und seine Haartracht entlockte mir ein Lächeln, denn sein Kopf war – bis auf ein Büschel in der Mitte – vollkommen rasiert.

»Guten Tag, du Großer«, begann er.

»Und wie hast du geschlafen?«, entgegnete ich – ängstlich bemüht, die Begrüßungszeremonie abzukürzen.

»Ich bin mit meinem Geschwür gekommen, Buana, weil ich gehört habe, wie vielen du schon geholfen hast.«

»Das hast du doch bestimmt schon eine ganze Weile«, stellte Daudi fest.

»Richtig«, antwortete der Ankömmling, dessen Name, wie sich herausstellte, Danyeli war.

Ich untersuchte ihn, so gut es ging, während Daudi die Fliegen verscheuchte.

»Das ist ein waschechtes Geschwür, da wird viel Pflege, viel Medizin und sehr viel Geduld nötig sein.«

Danyeli nickte.

»Sieh, Buana, es wird ja immer größer und größer, und ich bin nur die 160 Meilen zu dir gekommen, damit du mir hilfst! Niemals werde ich deshalb deine Anordnungen missachten!«

James wurde gerufen.

»Wasch all den Schmutz mit Permanganat-Lösung aus und leg einen vorläufigen Verband an. Gib ihm Krankenhauskleidung und leg ihn ins Bett Nr. 7.«

Schmunzelnd fragte James:

»Soll ich seine Sachen in die Wäscherei geben, Buana?«

Daraufhin drehte Daudi den Mann herum und zeigte voller Entzücken auf die Uhr.

Am nächsten Morgen behandelte ich das Geschwür mit Jodoform, machte einen Pflasterverband und trug in das Behandlungsbuch eine bestimmte Anzahl Injektionen für ihn ein.

»Buana«, meldete James, »da ist eine Schwester von der Kinderstation. Sie sagt, es sei dringend.«

»Was ist denn los?«, fragte ich beim Hinausgehen.

»Irgendetwas mit Mgulu, Buana. Heute früh hatte er noch normale Temperatur, und jetzt hat er über 40 Grad.«

»Daudi soll eine Blutuntersuchung machen und mir dann darüber berichten.«

Die Schwester nickte und stürzte fort.

In der Blutprobe fand ich keine Anzeichen von Malaria, doch mein Traum fiel mir ein. Mgulu sah zusammengefallen und schrecklich elend aus. Ich verordnete ihm Medizin und machte aus einer alten Thermosflasche und ein paar Glasröhren einen Apparat, durch den er ständig heiße Dämpfe inhalieren konnte.

»Oh, ich habe solche Kopfschmerzen, Buana«, jammerte er, »und ich kann auch gar nicht mehr richtig sehen.«

Ich gab ihm eine beruhigende Spritze und murrte innerlich, als ich sah, dass mein nächtlicher Angsttraum immer mehr Wirklichkeit wurde.

Er fiel in einen deliriumähnlichen Schlaf. Stündlich ging ich zu ihm, aber die Behandlung schlug überhaupt nicht an. Abends ging es ihm fast noch schlechter, und ich fühlte, dass ich für alle Fälle in der Nähe bleiben musste.

Voller Anteilnahme luden Daudi und James mich zu einer afrikanischen Mahlzeit ein. In diesem fröhlichen Kreis vergaß ich beinah meine bösen Vorahnungen, aß Haferbrei und bemühte mich erfolgreich, mit dem schleimig-zähen Zeug fertig zu werden, das sie *ilende* nennen.

Ich wurde unsanft an die Wirklichkeit erinnert, als die Nachtschwester erschien und mir flüsternd mitteilte, dass Mgulus Temperatur auf 40,5 Grad gestiegen sei.

Alle Mittel, die in unserer bescheidenen Apotheke zur Verfügung standen, hatte ich schon angewandt. An den Vater hatten wir einen Boten geschickt, und nun blieb nichts übrig als abzuwarten. Nichts ist schwerer als das!

Bei Morgengrauen zeigte das Thermometer 41 Grad. Das Kind schwebte in höchster Gefahr, ich konnte mich kaum ruhig halten. Nachdem ich eine der jungen Pflegerinnen angefahren und Schandala kurz angebunden zur Ruhe verwiesen hatte, nahm mich Setschelela am Arm und schob mich nach draußen.

»Buana, du bist müde und missmutig. Mach einen Spaziergang und trink eine Tasse Tee, dann wirst du dich besser fühlen und auch besser arbeiten.«

Ich folgte diesem weisen Rat der klugen alten Frau und ging los. In der Nähe des Tores traf ich Daudi.

»Wie steht's, Buana?«

»Schlecht – er wird immer schwächer, kann nichts bei sich behalten und glüht wie eine brennende Kohle.«

»Soll ich nicht für alle Fälle noch eine Blutprobe machen?«

»Wenn du willst, Daudi, aber ich fürchte …«

Da war er schon verschwunden und holte sein Instrumentenbrett. Ich lief weiter den Weg hinunter zur Mädchenschule. Vor dem Kindergarten saß Lutu in der Sonne. Sie war ein stilles kleines Mädchen, baute kleine Burgen im Sand und sang vor sich hin. Ich erkannte die Melodie von »Jesus liebt mich«. Unhörbar kam ich im Sand näher.

»Lutu, woher weißt du, dass Jesus dich liebt?«

Sie fuhr auf und sah mich dann lächelnd an.

»Aber das ist doch ganz klar, Buana. Wenn du und die Bibis und die Schwestern schon jemanden gernhaben, der so stinkt, wie ich gestunken habe, und sich um Leute kümmern, die noch nicht mal zu ihrer Verwandtschaft gehören, wie viel mehr muss Jesus mich dann lieben.«

Einen Augenblick schwieg sie, dann streckte sie mir ihre kleinen dunklen Hände entgegen – eine rundlich und wohlgeformt, die andere fingerlos und verkrüppelt.

»Buana, ich habe nur eine richtige Hand, aber ich kann doch singen und fröhlich sein und Ihm damit zeigen, wie sehr ich Ihn liebe.«

Als ich ins Krankenhaus zurückging, fühlte ich mich irgendwie besser. In der Nähe des Tores kam Daudi plötzlich mit Riesenschritten seiner spindeldürren Beine auf mich zu und reichte mir hastig einen Bericht.

»Buana, sieh nur mal!«

Ich las: »Mgulu. Kinderstation. Malaria festgestellt …«

Wir führten – zum größten Erstaunen von zwei alten Männern – zusammen einen kleinen Freudentanz auf und rasten ins Krankenhaus zurück. Zum ersten Mal in meinem Leben freute ich mich, die spiralförmigen Parasiten, die diese Krankheit verursachen, zu sehen. Nun verstanden wir die Symptome, die so leicht hätten das Schlimmste bedeuten können.

Nach zehn Minuten war eine Arsenspritze gemacht, und nach 24 Stunden war unser kleiner Patient über den Berg, saß im Bett und verlangte nach Haferbrei.

Als wir zum Operationsraum gingen, fragte Daudi: »Buana, warum haben wir die Malaria-Parasiten, die von den *dudus* übertragen werden, nicht früher erkannt?«

»Oft sind sie überhaupt nicht zu finden, Daudi. Er muss sie schon mit sich herumgetragen haben. Die schwere Operation schwächte ihn dann sehr, da konnten sie sich weiterentwickeln.«

Daudi nickte. »Und was willst du nun dem Vater sagen, wenn er kommt?«

»Dass wir die besten Aussichten auf Genesung haben – wirklich die allerbesten.«

Ich stieß einen langen, sehr zufriedenen Seufzer aus. Daudi zog ein dickes Schlüsselbund aus der Tasche, und während er den passenden Schlüssel aussuchte, drehte er sich zu mir herum.

»Was gibt's heute hier zu tun?«, erkundigte er sich und schloss die Tür des Operationsraums auf.

»Eine Operation, die du noch nie gesehen hast – eine Hautübertragung.«

»Nanu, wie geht das vor sich, Buana?«

»Wir brauchen die größte Spritze, die wir haben, und die 10 Zentimeter lange unzerbrechliche Nadel, dazu viel Serum für die örtliche Betäubung. Mit einer ganz scharfen Rasierklinge werde ich Hautstückchen von der Größe einer Briefmarke aus Danyelis Schenkel schneiden und auf sein Geschwür tun. Wir bedecken das rohe Fleisch damit, sie wachsen dort an, und das Ganze heilt doppelt so schnell.«

Daudi nickte. »Behandelst du nur diesen einen Fall?«

»Nein, bei der kleinen Schandala werde ich es auch so machen.«

»Ist dir aufgefallen, Buana, wie sie sich in den letzten Tagen verändert hat? Sie singt den ganzen Tag, und das klingt ganz anders als früher. Wie hat sie damals gekreischt!«

Am Nachmittag nahm ich ihr die Pflaster ab. Sie hatte keine Angst mehr davor, da sie schon häufig gewechselt wurden. Ihre Wunden heilten fabelhaft. Ich wollte ihr Bettchen in den Sterilisationsraum schieben, während ich mir Danyeli vornahm, aber sie bestand darauf, bei der Behandlung seines Geschwürs zuzusehen. Sie saß mit aufgerissenen Augen kerzengerade im Bett und beobachtete, wie ich einen großen Teil seines Schenkels durch eine Einspritzung lokal betäubte und mich dann daranmachte, kleine Haut-

stücke auszuschneiden und in eine warme Kochsalz-
lösung zu legen. Danyeli war sehr interessiert.

»O«, staunte er, »da schneidet er mir mit dem
Rasiermesser Hautstücke ab, und ich merke es
überhaupt nicht! Machst du das nachher bei der Kleinen auch, Buana?«

»Ja, Danyeli.«

»Hör mal, Buana, lass das lieber bleiben. Ich hab
doch massenhaft Haut. Nimm von meiner Haut für
sie.«

»Ist das dein Ernst?«

»Ganz gewiss, Buana.«

Bald hatte ich eine beachtliche Zahl Hautstückchen
verwendungsbereit. Das Bein wurde aufgedeckt, und
die Hautstückchen wurden eines nach dem anderen
aufgelegt und aneinandergesetzt. Alle Falten wurden
vorsichtig mit zwei spitzen Nadeln geglättet. Über das
Ganze sollte dann ein Moskitonetz, das in flüssiges
Wachs getaucht war, gebunden werden.

»Muss ich wieder die Schlafmedizin einatmen?«,
fragte die kleine Schandala. »Davon wird mir ganz
übel.«

»Nein, Schandala, heute tut's gar nicht weh, und
deshalb ist keine Schlafmedizin nötig. Danyeli schenkt
dir Stückchen von seiner Haut.«

»Was?«, rief sie. »Er ist doch gar nicht verwandt mit
mir!«

»Das ist er doch«, sagte Daudi, »er hat ein Geschwür
genau wie du, und deshalb weiß er, wie dir zumute ist.
Und dann liebt er doch auch den Herrn Jesus Christus.«

Die letzten Hautstückchen wurden eingesetzt

und mit zwei langen Nadeln glatt gezogen. Während ich arbeitete, herrschte Totenstille im Operationsraum. Plötzlich wurde sie unvermutet von Schandalas Stimme unterbrochen.

»Buana, dieses Stückchen hast du verkehrt herum aufgelegt. Die schwärzeste Seite gehört nach oben!«

Ich brachte die Sache in Ordnung. Dann wurde der Verband mit dem in flüssiges Wachs getauchten Moskitonetz gemacht und der große Kerl auf seine Station zurückgebracht.

Anschließend lag Schandala auf dem Tisch, und ich wiederholte dieselbe Sache bei ihr. Sie lag ganz still und war mustergültig brav, aber als ich den Verband zurechtlegte, fragte sie ängstlich:

»Buana, liegt die Haut auch überall ganz richtig drauf?«

Ich hielt ihr unseren Spiegel hin, und sorgfältig überprüfte sie die Operation.

Am Abend ging ich mit einer Sturmlaterne bewaffnet auf die Männerstation, nachdem ich noch nach Mgulu, der ausgezeichnete Fortschritte machte, gesehen hatte. James stand mit dem Rücken zu mir und sprach zu den Männern auf seiner Station.

»Freunde, hört genau zu! Heute hat der Buana im Operationsraum etwas Wunderbares gemacht. Er hat Haut an einer Stelle ausgeschnitten und sie auf eine offene Wunde verpflanzt – dort wird sie anwachsen. Das nennt er eine ›Hautübertragung‹.«

Ich musste leise lächeln, wie ich so im Dunkeln zuhörte.

»*Kumbe*«, meinte ein alter Mann, dem ich eine Geschwulst an der Kinnlade entfernt hatte. »Das ist etwas ganz Neues.«

»Ja«, bestätigte James, »und ich begreife nun besser, was Jesus tat.«

»Wieso denn das?«, fragte es im Chor.

»Danyeli hier tat dasselbe wie unser Herr. Er war bei dem Gedanken an die Schmerzen des kleinen Mädchens tief traurig. Deshalb schenkte er ihr seine Haut für ihre Wunde. Aber was Jesus tat, war noch viel, viel größer. Er sah, wie das Geschwür der Sünde immer mehr von unserem Leben Besitz ergriff und wie alles, was wir dagegen taten, vergeblich war. Deshalb verließ Er den Himmel, kam zu uns auf die Erde und teilte unsere Freuden und Leiden. Dann starb Er, als Er noch ein junger Mann war. In Gottes Buch, der Bibel, heißt es: ›… der Gerechte für den Ungerechten, damit er uns bringe zu Gott.‹«

»Woher weißt du das alles, James?«, fragte ein Mann, der sich gerade von einer Lungenentzündung erholte.

»Ich habe es geprüft, und siehe, mein Herz sagt mir, dass es wahr ist. Mein Verstand sagt mir das Gleiche, wenn ich die Bibel lese und sehe, wie sich alles erfüllt für die, die Gottes Geboten folgen, und auch für die anderen, die nicht auf ihn hören.«

Leise trat ich in die Dunkelheit zurück, und als ich nach Hause ging, wurde mir mehr denn je klar, was für eine praktische missionarische Wirkung von dem Messer eines Chirurgen ausgehen kann.

Die Operationen gehen weiter

Heute war wirklich gar nichts los. Pünktlich machte ich meine übliche Runde. Auf der Kinderstation saßen zehn kleine Kinder auf der Veranda in der Sonne.

Samson zählte die Wochenwäsche, und Daudi bereitete mit einer Desinfektionsspritze aus einer Spritzlampe für Malerarbeiten allen *dudus*, die sich während der Woche (durch die Besucher!) in die Betten verirrt hatten, den Garaus. Zwei junge Schwestern füllten eifrig Handspritzen und Petroleumbüchsen mit kochendem Wasser, um alle Krabbeltiere zu erwischen, die Daudi etwa entkommen würden.

In der Isolierbaracke gab ich dem letzten unglücklichen Lepra-Patienten seine Spritze und ging dann durch die Dornbüsche zum Krankenhaus zurück. Mgulu und Schandala hockten auf dem Ofen und besprachen lebhaft, was sie tun würden, wenn sie heute Abend nach Hause kämen.

Mgulus Stimme war deutlich durch die stille, heiße Luft zu hören.

»Buana hat mir großartig geholfen. Ich will nun ebenso stark werden wie mein Vater und auch Lehrer werden wie er.«

Um eine Wegbiegung herum konnte ich den Friedhof sehen und darauf einen kleinen, runden, geschmückten Hügel mit einem rohen Kreuz, in das »Kitu« eingekerbt war.

Schandala meinte:

»Ich werde in unsere Dorfschule gehen. Jetzt sind meine Beine verheilt, und ich kann laufen. Wenn ich größer bin, gehe ich mit Lutu hier auf die Schule, und dann will ich Schwester werden und Buana helfen.«

»Willst du das wirklich?«, fragte ich und blieb vor ihrem Hochsitz stehen.

Sie sprangen herunter und gingen mit mir zum Büro.

»Darf ich mich noch einmal wiegen, Buana?«, bat Mgulu.

»Bloß nicht«, schrie Schandala entsetzt. »Nimm mal an, du hast abgenommen! Dann lässt dich der Buana nicht nach Hause fahren!«

»Stell dich drauf und sieh nach.«

Der Zeiger stand noch auf 55 Pfund.

»Es bleibt bei heute. Der Lastwagen wird bald hier sein, und dann – nichts wie nach Hause!«

Der kleine Kerl stand ganz bekümmert da und sagte – heftig schluckend –:

»Ich danke dir für alles, Buana.«

Seine linke Hand strich unbewusst über die Narben an seinem Hals, und Schandala untersuchte verstohlen die Narben unter ihrem Knie. Ich legte ihnen die Hände auf die Schultern und sah zu dem Bild unseres Heilands an der Wand auf. »Vergesst nicht, Ihm zu danken!«

Lebhaftes Nicken folgte.

Draußen sah ich die alte Setschelela mit einem Korb voller Erdnüsse. »Lauft mal dorthin«, befahl ich und zeigte auf sie.

Mgulu sprang los, dicht gefolgt von Schandala. Sie lief noch ein bisschen steif, aber immerhin – sie lief!

Ich nahm mir das Tagebuch vor und machte die nötigen Eintragungen:

Danyeli – Geschwürbehandlung. Ergebnis: geheilt.

Ich schlug eine Seite zurück, da standen zwei Namen. Daudi kam herein und legte das Lepra-Behandlungsbuch auf das Bord. Ich schrieb:

Schandala – Behandlung von ausgedehnten Geschwüren. Ergebnis …

Ich stoppte.

»Was denkst du über Schandala, Daudi, ist sie ›geheilt‹ oder nur ›gebessert‹?«

»Geheilt, Buana.«

»Ich fürchte, nein. Diese Geschwüre können später wieder aufbrechen.«

»Und wenn schon«, meinte Daudi, »dann kommt sie eben schnell zurück.«

Meine Augen fielen auf eine leere Seite.

Ich wandte mich Daudi zu:

»Über Kitu, der nun tot ist, habe ich noch nichts eingetragen. War er ein Misserfolg?«

»Nein, Buana, sein Körper ist tot, aber Kitu selbst hat das ewige Leben gefunden. Nach dem Buchstaben ist er ein ›Misserfolg‹, aber nach dem Buchstaben allein kann man sich nicht richten.«

Ich nickte und fuhr mit dem Finger die Seite herunter, bis ich zu Mgulus Namen kam, dann schrieb ich:

1. Behandlung der Halsdrüsen auf Tuberkulose. Ergebnis: gebessert.

2. Akute Mittelohrvereiterung. Ergebnis: geheilt.

Daudi zeigte mit dem Kinn auf den Torweg. Sulimans Lastwagen war gerade weit hinten in der Ebene als Staubwolke zu erkennen. Mgulu, der alle seine Habseligkeiten in einer groß bedruckten Tasche hatte, sprang aufgeregt hin und her. Die nicht weniger aufgeregte Schandala unterhielt sich munter mit der Oberschwester. Danyeli kam auf uns zu. Er trug kurze Hosen und ein Hemd, die er sich beim Ziegelstreichen verdient hatte, während sein Geschwür heilte. Mit beiden Händen ergriff er meine Hand und schüttelte sie.

»Ich danke dir«, stieß er hervor. »Wahrhaftig – in dieser Zeit fand ich Hilfe für meinen Leib und Nahrung für meine Seele!«

Mit lautem Hupen kam der Lastwagen um die Ecke und hielt genau vor dem Krankenhaus. Eine Zeit lang hörte man nichts als laute Begrüßungs- und Abschiedsworte. Als der Lastwagen fortrumpelte, riefen alle:

»Hoffentlich bald auf Wiedersehen!« Meine kleinen Freunde machten krampfhafte Anstrengungen, bis zur letzten Minute zu winken. Lutu, die sich fröhlich mit drei Schulkameradinnen unterhielt, drehte sich um und ging zurück zum Korbballplatz.

Die Abendsonne warf lange Schatten auf die Erdnussbeete, und plötzlich kam mir das Krankenhaus wie ausgestorben vor. Jacobo schnitzte fleißig an einer Erinnerungstafel für eins der gestifteten Bettchen auf der Kinderstation. Ich beugte mich hinunter, um sein Knie anzusehen!

»Es dauert nicht mehr lange, dann darfst du auch nach Hause gehen, Jacobo.«

»Ja, Buana, und dann habe ich zwei ganz normale Beine.«

Ich nickte und sagte, während ich auf die Holztafel zeigte, die er schnitzte:

»Weißt du, Jacobo, eins bedauere ich sehr, nämlich dass meine Freunde, die diese Betten stiften, das nicht miterleben können, was wir gerade erlebt haben.«

»Warum schreibst du es nicht alles für sie auf, Buana?«

Vorsichtig massierte ich seine verkümmerten Beine. »Vielleicht werde ich das auch eines Tages tun, Jacobo.«

»Vorsichtig gehen!«, rief eine Stimme. Wir blickten auf und sahen, wie eine Bahre von der Männerstation vorbeigetragen wurde. Dicht dahinter kam Daudi. Er blieb bei mir stehen.

»Entschuldige, Buana, im Operationssaal ist alles vorbereitet. Kannst du zum Operieren kommen?«

Paul White
Dschungeldoktors Feinde

160 Seiten, Taschenbuch
ISBN 978-3-86699-114-9

Gefährliche Löwen und giftige Schlangen sind nicht
die größten Feinde des Dschungeldoktors, sondern das Heer von Bazillen, Zauberern und Medizin-
männern, die seinem Kampf gegen die Masern-
Epidemie entgegenstehen. Doch mit unermüdlichem
Eifer, erfrischendem Humor, Tropfen und Salben
– manchmal auch mit »geheimnisvollen« Waffen –
geht er mit seinen Getreuen ans Werk. Auf nächtlichen
Schleichwegen bringt man ihm Patienten zur Station,
die einmal fast ein Opfer der Flammen wird. Aber am
Ende ist die Epidemie besiegt.